锁在深处的蜜

迟子建

著

浙江文艺出版社

总序

野草的呼吸

去年三月，雪花还未从北方收脚，寒流仍环绕冰城、不识相地穿街走巷时，盼春心切的我，一头扎进哈尔滨城郊的室内花卉市场，在姹紫嫣红的花中，选购了几盆色彩艳丽的四季海棠，抱回家中。

这一簇簇的海棠花儿，在窗前，在桌畔，就像迎春的爆竹，等待点燃。而悄无声息燃响它们的，就是阳光了。

在最初的一周，它们在日光中心思透明地大炫姿容，开得火爆。粉色的比朝霞还要明媚，鹅黄的娇嫩得赛过柳芽，橘色的仿佛通身流着蜜，火红的透着葡萄酒般的醇香，让人有啜饮的欲望。

居室春意盈盈，叫人愉悦。每日晨起，我都做早课似的，先阅花儿。我喝一杯凉白开，也给它们灌上一点生水。也许是浇水频繁的缘故吧，十多天后，我发现粉色的四季海棠首先烂了根，花儿做了噩梦似的，花瓣边缘浮现出黑边，像是生了黑眼圈。鹅黄的四季海棠叶片萎靡，花朵也蔫儿了。我以为它们缺乏营养，于是又浇花卉营养液。

可不管我怎样挽留，四季海棠去意已定，没有一盆不烂根的了，花茎接二连三倒伏，那一团团花朵，自绝于青春似的，香消玉殒。

我只得清理了残花败叶，沮丧地将花盆摞起，扔在阳台一角。

哈尔滨的春花，终于在四月中旬次第开放。先是迎春，接着是桃花、榆叶梅和樱花。李子树、杏树和梨树，紧随其后绽放，它们承担着坐果的使命，耽搁不得。再之后开花的，就是蔷薇和满城的丁香了。当丁香花释放着浓郁的香气，把哈尔滨变成一座大大的香坊时，爱音乐的人就聚集在松花江畔的斯大林公园了。拉手风琴和大提琴的，吹萨克斯和笛子的，莫不神采飞扬，激情荡漾。此时的松花江漂荡着谢落的榆树钱，它们挤挤挨挨在一起，涌动着向前，好像在为这春天的旋律鼓掌。

到了六七月，哈尔滨树上的花儿大都闭嘴了。不过不要紧，树下的草本花卉依附着大地，七嘴八舌地开了。园丁们栽培的郁金香、芍药、牡丹、鸢尾、玫瑰、石竹、瓜叶菊、孔雀草、凤仙花等等，一样千娇百媚，争奇斗丽。只是赏这样的花儿，人得一副奴隶的姿态，蹲伏着与其相视，不似与木本花卉比肩对望时，来得惬意。

但无论是树上还是树下的花朵，在去年都不如一盆野草带给我惊艳之感。

我不是把曾记录了四季海棠花事的花盆，弃在阳台角落了吗？虽说花叶无踪影了，可盆中残土犹存。暮春时分，一个午后，我去阳台晒衣服，无意间低头，发现这摞花盆的最上一盆，有银线似的东西在闪光。我凑近一看，原来是一棵细若游丝的草，从干硬的土里飞出来了！它已生长了一段时日了吧，有半根筷子长了。因为是从板结如水泥般的土里顽强钻出来的，缺光少水，它看上去病恹恹的，单细不说，草色也极为黯淡。

我想一棵草再折腾，也开不出花儿来，所以感慨一番，浇了点水，算是善待了它，由它去了。

那期间我忙于装修新居，忙于外出开会，在家时虽也去阳台舀米取面，晾衣晒被，但哪会顾及一棵草的命运呢？它就在无人的角落中，挣扎着活。直到七月下旬我参加香港书展归来，打扫阳台时，才发现它已成了气候。盆中的野草不是一棵，而是七八棵了，它们相互搀扶着，努力向上，疏朗有致，绿意荡漾。这盆不屈不挠成长的野草，终于打动了我，我把它搬到卧室的南窗前，当花儿养起来。

有了阳光的照拂，有了水的滋养，野草出落得比春花还要漂亮。它们像一把插在笔筒里的鹅毛笔，期待我书写些什么。有时我会朝它吹上一口气，看野草风情万种地起舞，将穿窗而入的阳光，也搅得乱了阵脚，窗前光影缭乱。有时我会含上一口清水，"噗——"的一声，将清水喷射到野草上，看它仿佛沐浴着朝露的模样。我就这样与野草共呼吸，直到哈尔滨的菊花，在浓霜中耷拉下脑袋，所有户外的花儿，在冷风中折翼，我居室的野草，依然自由舒展着婀娜的腰肢。它仿佛知道我嫌它不能开花似的，居然长出花茎，开出几株穗状的米粒似的花儿，如一面面耀眼的小旗子，宣誓着它的春天。

这盆欣欣向荣的野草，直到年底，才呈颓势。先是开花的草茎，变得干瘪，落下草籽。跟着是花盆外缘的野草，朝圣般地匍匐下身子。到了春节，野草大都枯黄，只有中央新生的草，仍是绿的。它就这样一边枯萎一边生新芽，所以直到如今，这盆野草，依然活着。

我从事文学写作三十余年了，小说应该是我创作的主业，因为在虚构的世界中，更容易实践我的文学理想。但我也热爱散文，常常会在情不自禁时，投入它的怀抱。它就像一池碧水，洗濯着尘世的我。这些不经意间写就的散文，就像我居室里的那盆野草，在小天地中，率性地生长，不拘时令，生机缭绕，带给我无限的感动和遐想。

当一个人的呼吸，与野草的呼吸融合在一起时，在寒刀霜剑的背后，在凉薄而喧嚣的世间，宁静与超然，安详与平和，善与慈，爱与美，就会在不老的四季中，缠绕在你的枝头，与你同在。

我愿将这样的野草，捧给亲爱的读者。

目　录

在温暖中流逝的美

遥远的境界　/ 003

我们的源头　/ 007

在温暖中流逝的美　/ 011

把哭声放轻些　/ 016

遐想片段　/ 021

玉米人　/ 026

作家的那扇窗　/ 029

自觉与被动　/ 032

靠近人　/ 037

小说的气味　/ 040

激情与沧桑　/ 043

江河水　/ 047

有关创作的札记　/ 050

锁在深处的蜜

寒冷的高纬度　/ 061

灯影下的大自然　/ 068

时远时近的光　/ 072

寒凉中的《解冻》　/ 074

屠宰之歌　/ 076

你在第几地　/ 079

关于《起舞》　/ 083

锁在深处的蜜　/ 087

时间之河的玫瑰　/ 090

愿为赏花人　/ 094

心在千山外　/ 097

文学的山河　/ 100

每个故事都有回忆

我的第一本书 / 105

雪中的炉火 / 109

我能捉到多少条"泪鱼" / 112

《迟子建短篇小说编年》自序 / 116

《踏着月光的行板》自序 / 119

《迟子建中篇小说编年》自序 / 122

在北方的原野上 / 126

《树下》自序 / 128

一条狗的涅槃 / 131

从山峦到海洋 / 136

珍珠 / 151

每个故事都有回忆 / 160

《迟子建作品精华·日记卷》序 / 168

那个唱着说话的地方在哪儿 / 173

好书如寂寞开放的樱花

窗里窗外的世界　/ 179

枕边的夜莺　/ 183

好书如寂寞开放的樱花　/ 187

"红楼"的哀歌　/ 191

拾贝壳的人　/ 196

麦田里的守望　/ 202

那些不死的魂灵啊　/ 207

俄罗斯：泥泞中的春天　/ 212

上帝如何加盖邮戳　/ 215

背叛与赎罪　/ 220

赎罪日前夜　/ 227

听海的心　/ 231

在温暖中
流逝的
美

我知道有一种美是脆弱的，它惧怕温暖，当温暖降临时，它就抽身离去了。

遥远的境界

　　我明白，我最初来到人间的时候，是赤身裸体，一无所有的。我在那个时刻也曾与别人出生时一样哇哇哭过，后来我被母亲早已设计好的襁褓给包裹起来，我感觉到温暖，于是我不再哭。我的嘴巴开始本能地寻找奶水，我在母亲身上找到了，我不再饥饿，我尝到了甜头，于是我首先对母亲呈现出一片笑意。那时阳光和空气闪烁着的玫瑰色的光晕一直包围着我，我开始浪漫而悠闲地长牙，然后用那稚嫩的牙齿去咬一些比较脆硬的东西。我长得可爱而顽皮了，父亲便用长满胡须的脸来抚爱我的脸颊，我觉得隐隐的疼痛和无限的舒展。后来我一个人跌跌撞撞地走到窗外，我第一次走路时看到无数飞鸟像落叶一样飘来飘去，我看见了更广阔的山峦原野和茂密的房屋，看到了炊烟在饥饿时分像潮水一样涌向天际，一个坦荡、神秘、若隐若现的世界呈现在我面前。

我开始尝试着适应这个世界。八岁的那年夏天，我的手被外婆给拉出大自然，许多的星星、野果子、山菊花由于我的失落开始出现在我的梦境中。我背着僵硬的书包哭泣着走进学校。我看见老师用粉笔在黑板上写出一串串文字，老师的嘴巴正在述说发生在这个世界的许多许多事情，过去了的事情。我懂得了自己不是祖先，懂得了我热恋的大自然不是因为我的存在而存在，我开始懂得了感伤。

我毫不费力地递进式地由一年级升到高年级，这期间世界曾经发生过局部的、断断续续的战争。我知道使用武器可以杀害人类，我慢慢习惯离群索居，对一条小狗涌起莫名的怜爱和动情，并且习惯于梦想，当梦想破灭时，也沉默地接受了否定。我知道我不必太在意就可以平静地走完一生，因为许多道路、人们认可的道路、宽阔而无意义的道路像雨后的彩虹一样醒目地横在我面前。许许多多的人都约定俗成地朝那里走，我隐隐地觉得空虚和惆怅。我开始意识到，那种至纯至美的欢乐已经搁浅在童年，童年已经变得十分遥远和亲切。我懂得了回忆和留恋，我开始用最普遍使用的文字、我能驾驭的文字，写下了篇篇日记，我觉得有了秘密和依托，我就活得很从容。

　　我的个子长高了，我的体态妖娆地变化了，我的头发变得有光泽了，我开始在镜子中窥视自己，然后到百货商店按照我的审美和经济基础去选择一些我比较能接受的服装，把自己装扮起来，重新走到街上，走到公用电话亭，走进食堂，走进电影院，走进黄昏时刻绚烂而残破的霞光中。

　　我开始读书，开始结交朋友，开始把一篇一篇的文章变成铅字，然后用稿费去购买零食和稍微奢侈一些的生活用品。我空虚而满足，我热闹而寂寞。我开始倾向于黑夜。我在所有的书堆中去翻找能打动我的作品，结果我书桌上的悲剧作品与日俱增。我的心律常常紊乱，双眸时时混浊，我走在街上时像神经病患者一样恍恍惚惚。

　　那些活得很自在彻底的朋友提醒我：你活得太违背人性。他们向我宣传如何能活得快乐一些的那些方法、经验、传统，我听后茫然若失。我开始怀疑和恐惧文学，我开始觉得写日记的那种秘密最终已经被揭穿，我开始意识到文学于我来讲，应该是我生活缝隙中所点缀的一些花边。

　　人，毕竟是血肉所浇铸的。

　　我二十四岁，这并不是一个年轻的数字了，我知道死亡的消息会一天天地实在起来，我知道快乐像窃贼一样偷袭了我们之后，就远远地离开我们，与我们背道而驰；而更漫长的时光是在孤独的灯下听着风声雨声度过的。

因此，我学会了珍惜。虽然我不惧怕生活中出现的一切魔影，虽然我知道苦难也是上帝赐予我们的一种生活，但我还是要把得到的快乐当成一笔财富，把快乐的因子遗传给后代，这不错误。因此我现在拿起笔来的时候心里很平静，我当然愿意在这种超然的心境中写点什么。

我知道我死期临近时会像我出生时一样，有一件更大的襁褓会把我裹起，在风声中送我归入黄土。但要不了多久，那件人类附加于我的最后的襁褓就会在夜莺的鸣叫声中腐烂，我的血肉也会腐烂，上帝收回我的，只不过是一副空空的骨架而已。

也的确，在人间走一回，就要把血肉留下。

我还要说，真正的艺术是腐烂之后的一个骨架，一个纯粹的骨架，它离我们看似很贴近，其实却是十分遥远的。

我们的源头

　　处女作作为一个作家走上文学创作道路的发轫之作，一般都与作家自己的生活经历有着密不可分的关系。它往往因为触动了自己的切肤之痛而使人为之动容，它注重倾诉而不重视技巧，因而处女作大抵都洋溢着情感上的激情却掩饰不住技术上的粗糙，但这并不影响它存在的价值和通体散发出的一种单纯的美丽。

　　有的评论家曾形象地把作家处女作的诞生比作一次卖血行为，这比喻是恰如其分的。当我们对一种文艺形式还懵懵懂懂的时候，我们却遏制不住心底涌动着的激情，有一吐为快的表达欲望，于是有人用小说、诗歌、散文、音乐、绘画等艺术形式来表达这种愿望。这种选择从一开始就不带有任何功利色彩，而是自然而然、水到渠成和发自内心的选择，那么对一种艺术形式的热爱和自觉的保护从一开始就形成了。这当然是件好事。

处女作的诞生是微妙的。有时一个场景、一段音乐、一个偶发性的事件都可以成为处女作出笼的契机。一九八四年七月，我从大兴安岭师专毕业，因为在此之前我去了趟兴凯湖，所以回到加格达奇后，宿舍的七个姐妹已经先后离校了。我们的宿舍在学校一向以整洁著称，而我回到房间后却看到了凌乱不堪的场景，到处是废纸和灰尘，窗台上丢着一些纽扣、别针、保温杯的外壳、药丸等等东西，床上则有尼龙丝袜和干巴成一团的毛巾，往日充满愉悦与温情的生活气息荡然无存，这使我很失落。由于第二天一大早要往老家发行李，所以我当夜就把行李捆好，贴上了标签，那一夜就独自和衣偎在床前，看着灯畔的几只飞蛾团团转着。因为不习惯在灰尘累累的房间过夜，所以我又爬起来提来一桶水，将窗台和地板擦得一尘不染，这才觉得心里安宁了。就在那个夜晚，我对着被我收拢到一起的姐妹们遗失掉的小东西，开始追忆我们充满温馨和争吵的宿舍生活，处女作《那丢失的……》就这样诞生了。现在看来，那只是一篇极一般的表达善良愿望的带有浓郁抒情格调的作品，但它对于我走上创作道路却因为具有纪念性而占有特殊的位置。

　　一般来说，真正使一个作家成熟起来的只能是他（她）处女作以后的作品。一个摆脱了处女作稚气的作家才会成为大作家。因为好作家既拥抱生活又傲视生活，既抒发个人情怀又更为关注人类面临的共有的局限。几乎所有成名作家的代表作都不是他（她）的处女作，这大约可算作一个实据。但也有例外，极个别的作家会因为处女作而一炮走红，之后却才思枯竭，偃旗息鼓。这多半的原因是由于他（她）把体内最鲜浓的血一次性地卖空了，而又没有继续进行扎实的艺术补充和准备，因而整个创作就呈现出虚脱和休克的状态。

　　据说火山在喷发前是相当寂静的。当火红的熔岩上下翻涌，我们面对着这种壮丽的奇观惊叹不已时，谁能想象它的体内为着一次喷发默默孕育了多少漫长的时光呢？我曾经到过黑龙江的源头，在恩和哈达零公里处，源头的水平缓地从山间草地上流过。黑龙江源头的水并不宏大，它看上去似乎有些单薄，极像一条大河的不起眼的一段支流。但它的确就是源头的水，它流得很文静、安详、从容、不张扬，谁能想到我在它的中下游的呼玛、同江、抚远等地见到的那条宽阔的大河的源头就是它呢？黑龙江就是从一个极北的充满和平之气的地方不动声色地走了出来，因为它孕育了足够的能量，所以它越走越宽广，越走越悠长，它不仅养育了中华民族北方的人民，也养育了俄罗斯这个伟大的民族。它宽容、纯粹、自由，因而它是一条使人尊敬和感念的河流。

如果把作家的处女作比作创作的源头的话，那么我们应该为它的单纯、渺小和质朴而庆幸。只要它已经散发出了灼人的一点光华，我们有理由相信它会更加光彩夺目。只有平淡的开始才会有灿烂的结局。但愿我们的源头之水会汲取着发祥地的阳光和雨露，永不枯竭，源远流长。

在温暖中流逝的美

　　我是一九八三年开始写作的，至今刚好二十个年头。二十年前，我的发丝乌黑油亮，喜欢咯咯笑个不停，看到零食时两眼放光，看到可爱的小动物爱上前跟它们说上几句俏皮话。那时我可以彻夜不睡地写上一万字，第二天照样精力充沛地工作。我爱到田野和山间散步，爱随手掬上一捧河水喝上一口，爱摆个姿势照相。二十年前的我还没有属于自己的一间屋子，没有出版一本书，对生活满怀憧憬。但那时的我是多么的青春啊。

　　现在的我不爱照镜子，镜子中的我常常是双眼布满血丝，面色青黄。我的发丝有些干涩了，皱纹悄悄爬上了眼角。我常常丢三落四，时常找不着要用的东西。有的时候进了超市，我看着商品一片茫然，不知自己是要来买什么的。所以，如今去超市，我的手里通常攥着一张字条，那上面记着我平素写下的需要添置的生活日用品。我依然喜欢在黄昏时散步，只是看着夕阳时常常徒自伤悲。我如今有了自己的屋子，出版了三十多部书，不用为生计而奔波和劳碌了，可快乐却不如从前那般坚实地环绕着我了。看着自己所创作的那一部部书，我在想自己的最好年华都赋予文学了。这是不是太傻了？去年爱人因车祸而故去后，我常常责备自己，如果我能感悟到我们的婚姻只有短短的四年时光，我绝对不会在这期间花费两年时间去创作《伪满洲国》，我会把更多的时光留给他。可惜我没有"天眼"，不能预知生活中即将发生的这一沉重的劫难。

文学对我来讲，就像我的亲人一样，我对它有强烈的依赖性。它给了我生存的勇气和希望。在生活中，我是一个循规蹈矩的人，可在我的梦想中，我却是一个无拘无束、激情飞扬的人。文学为我打开了生活的另一扇窗。有一家刊物曾问过我如何解决理想与现实的矛盾，我是这样说的："石头和石头碰撞激烈的时候，会焕发出灿烂的火花。现实是一块石头，理想也是一块石头，它们激烈碰撞的时候，同样会产生绚丽的火花，那就是艺术的灵光在闪烁。"的确，我认为理想与现实冲突越激烈的时候，人的内心所焕发的艺术激情就越强烈，这种矛盾使艺术更加美轮美奂。所以，生活中多一些磨难对自身来讲是一种摧残，对文学来讲倒可能是促使其成熟的催化剂。但任何人都情愿放弃文学的那种被迫成熟，而去拥抱生活中那实实在在的幸福。

我是一个很爱伤感的人。尤其是面对壮阔的大自然的时候，我一方面获得了灵魂的安宁，一方面又觉得人是那么的渺小和卑琐。只要我离大自然远了一段日子，我就会有一种失落感。所以，这十几年来尽管我工作在城市，但是每隔三四个月，我都要回故乡去住一段时日。去那里的目的其实并不是为了写作，只是因为喜欢。那里的亲人、纯净的空气、青山碧水、宁静的炊烟、鸡鸣狗吠的声音、人们在晚饭后聚集在一起的闲聊，都给我一种格外亲切和踏实的感觉。回到故乡，我心臆舒畅，觉得活得很有滋味。其实乡村是不乏浪漫的，那种浪漫不是造出来的，而是天然流露的。城里人以为聚在灯红酒绿的酒吧闲谈是浪漫，以为给异性朋友送一束玫瑰是浪漫，以为携手郊游是浪漫，以为坐在剧场里欣赏交响乐是浪漫，他们哪里知道，农夫在劳作了一天后，对着星星抽上一袋烟是浪漫，姑娘们在山林中一边采蘑菇一边听鸟鸣是浪漫，拉板车的人聚集在小酒馆里喝上一壶热酒、听上几首登不了大雅之堂的乡间俚曲是浪漫。我喜欢故乡的那种浪漫，它们与我贴心贴肺，水乳交融。我的文学，很多来自乡间的这种浪漫。

　　童年的时候，我很喜欢在冬天起床之后去看印在玻璃窗上的霜花。它们看上去妖娆多姿，绮丽明媚。我常想寒风在夜晚时就变成了一支支画笔，它们把玻璃窗涂满了画。我能从霜花中看出山林、河流的姿态，能看出花朵、小鸟和动物的情态，能看出形神各异的人的表情。但是往往是看着看着，由于阳光的照耀和室内炉火的温暖的熏炙，这霜花会悄然化成水滴而解体。那时候我就会很难过。霜花是美丽的，我知道有一种美是脆弱的，它惧怕温暖，当温暖降临时，它就抽身离去了。我觉得我的生活呈现的就是这种美，它出现了，可它存在得何其短暂！

　　我不该为了生活的变故而怨天尤人、顾影自怜，我应该庆幸，我曾目睹和体验过"美"，而且我所体验到的"美"消失在温暖中，而不是寒冷中，这就足以让我自慰了。如果"美"离开了我，我愿意它像霜花一样，虽然是满含热泪地离去，但它却是在温暖中消融！

　　我愿意牵着文学的手，与它一起走下去。当我的手苍老的时候，我相信文学的手依然会新鲜明媚。这双手会带给我们对青春永恒的遐想，对朴素生活的热爱，对磨难的超然态度，对荣誉的自省，对未来的憧憬。我相信再过一个世纪，人们也许会忘记这世界上许多政治上的风云人物，但人们永远不会忘记柴可夫斯基、贝多芬、巴赫、莫扎特，不会忘记凡·高、蒙克、毕加索和莫奈，不会忘记莎士比亚、雨果、托尔斯泰和巴尔扎克。战争是陨石雨，它会过去，而艺术是恒星，永远闪烁在人类文明的星空中。如果没有这样的星空照耀我们，我们的人生该是多么的灰暗啊！艺术拯救不了世界，但它却能给人带来心底的安宁和幸福。

把哭声放轻些

我往往是在大都市的十字路口面对着车水马龙的情景时，才格外想念大兴安岭的森林。那时我会想：如果这会儿置身于寂静的夏日的森林，如果夕阳又把余晖洒向森林，我踩着柔软的余晖朝幽深处走去，我怎么会有过马路时左顾右盼的紧张呢？

在丁香花还未开放的时候，我似乎还有勇气谈一谈对文学的看法。因为春寒犹在，我必须用心里的温暖来疗治身体的寒冷，而这心里的温暖，现在看来非得由一支笔流出来的文字来提供了。

在几天以前的一个文学创作座谈会上，我做了一个毫无准备的五分钟的大会发言。我记得自己当时不断地笑，笑得大家莫名其妙，而我自己也不知所措。我想讲的注定都没有说明白，而我的笑声也无论如何掩饰不住我内心极大的悲哀和忧伤。因为我爱文学，正因为爱之深切，我不愿意对它说三道四，而且说出之后那种索然无味的感觉会使我感到格外空虚，我只愿意静静地永久地傍依在它身旁，理解它，悟它。所以，即使是现在，我下决心要对它稍稍说点什么的时候，仍然心怀恐惧，唯恐我的浅薄玷污了它的神圣。

我崇尚自然，大概这与我生长在大兴安岭有关。人类最初是带着自然的面貌出现的，那种没有房屋的原始生活现在看来并不是愚昧和野蛮的，而高科技发展时代所产生的一切尖端技术也并没有把人类带入真正的文明。相反地，现代文明正在渐渐消解和吞食那股原始的纯净之气、勇武之气，正如马尔科姆·考利所说的一样："黑人保持了那种直率的雄劲精力，而白人则由于受教育过多，丧失了这种雄劲精力。"

而我以为文学是不应该丢掉这股原始的纯净之气的。屠格涅夫、福克纳、海明威等艺术大师的创作实绩证明了这一点。现在读他们的作品，我们仍然可以感受到俄罗斯草原的广阔和神秘，美国南方小镇的优雅风情以及密西西比河两岸弥漫着的忧伤。

一个伟大的民族是要有个性的，而一个伟大的作家也要有其独特的个性。这种个性应该是真实的。这里包括思想、情感、行为方式以及语言的真实。真实不是现实，现实属于一种存在，而真实更多地表现为一种精神。作家如果想达到这种精神的真实，我觉得最重要的是缩小思想与行为之间的差距。虽然说绝对真实的人是不存在的，但是最大限度地克服思想与行为的矛盾，那么作家的素质本身也就会得到提高，而且应该是了不起的提高。

什么是真正的文学？什么是真正的文学家？真正的文学和文学家是否被淘汰了、泯灭了？这是我时常思考着的问题。我觉得任何为文学制定法规的行为都是愚蠢的。就如看一场优美的舞蹈，你为悠扬的乐曲和舞蹈者精彩的表演而叫绝时，一个人忽然走到台侧告诉你说"您现在听到的是……舞曲……舞蹈者以……姿态……生动地表现了……"等等一类的话一样令人作呕。这种饶舌的行为是不道德的。所以，我常常生出许多困惑和迟疑。不久以前我在一篇探讨二十世纪文学的文章里这样写道：

> 二十世纪之前，尤其是文艺复兴之后的二十世纪的茫茫前夜中，就曾出现了众多的文学大师，他们像星辰一样闪烁在这个前夜中，他们的光芒不可能不照耀着后来者。从这点来讲，二十世纪的文学家是幸运的，因为他们知道

该怎样承继和延续那些该永存的东西，同时，他们更知道怎样打破传统的束缚。从这点讲，他们也就更幸运，因为他们拥有了越过障碍的权利，这种对障碍的穿越使得二十世纪文学形成了一股强烈的反叛意识和自省意识。尽管如此，二十世纪文学发展的神经却显得越来越纤细、脆弱和敏感，它似乎是已走到穷途末路，似乎像是一个武艺高超的人已经耗尽了种种功夫和本事，剩下了一片寂寥和繁荣隐退之后的艰难。那种洪水似的可以淹没人的汪洋大海般的激情而今只剩下了几条涓涓细流，这几条涓涓细流向邈远和纵深处发展，使得二十世纪的文学的形式越来越令人眼花缭乱，而又越来越多地抛弃、丧失着读者。

所以，作为现在的作家来讲，他（她）的处境并不很乐观。乐观是没有道理的，因为那同自欺欺人没什么两样。

最后，我想谈谈对女作家的一些看法。身为女性，我喜欢柔弱、忧郁、哀怜、感伤、幻想等等这些女性与生俱来的天性。因此，我不喜欢女人写阳刚大气的作品，尽管那作品很不错，但我更希望它出自男作家之笔。我喜欢玛格丽特·杜拉斯（《情人》的作者），也喜欢奥康纳（《公园深处》的作者），喜欢萧红、伍尔夫；同时，我也喜欢法国的尤瑟纳尔这类知识型的女作家（《熔炼》的作者）。她们都是优秀的女作家，因为她们在作品中表现了一个女作家应有的气质（乔治·桑在此方面表现得尤为明显），她们的浪漫的遐想，毁灭的恐惧，以及忧郁的宁静。我喜欢她们在作品中表现出的这些个性的特征，同时也是自然的特征。

不久以前我读到一篇安娜回忆陀思妥耶夫斯基的文章。陀思妥耶夫斯基呼吸停止之后，安娜悲痛欲绝，她很想大哭一场，但她没有那样做，她只是紧紧地握着他已经冰凉了的手，无声地默默地流泪，因为她听说一个人在呼吸停止之后意识还没有完全死亡，他仍然有一刻感知着活的事物，安娜生怕自己的哭声会给自己最挚爱的人带去痛苦，她愿意让他在宁静中离开她。现在我已经记不得原文了，但我却记得当时读完那段文字时不由得潸然泪下。陀思妥耶夫斯基是伟大的，安娜同样是伟大的。我想我们的作家在面对类似的情况时，是否也能放轻自己的哭声呢？我也许真的又一次没有把要说的说明白，我又要笑了。我仍然感觉寒冷，看来有些话题注定是说不明白的。我只是想，丁香花开的时候，我来到一座城市，会更加想念大兴安岭的森林，但愿我的笔不辜负那片养育过我的森林。

遐想片段

　　前两天，我从友人那里抱来一只小白猫来我的房间戏耍。我坐在椅子上安静地看着它在床和桌子之间跳来跳去的，它动作敏捷而活泼。后来它悠悠地走向窗台，窗台上有一面镜子，小猫好奇地将头探过去，它从镜子中看见了自己，那一定是它第一次看见自己，它被自己给吓了一跳！它的整个身体猝然颤抖了一下，然后一耸身逃掉了。

　　我第一次看见自己肯定也像这只猫一样害怕过，只不过那时稚嫩的记忆没有把这种情绪记录下来。如果一只猫过多地看到的不是自己的同类，而是人类，那么它就完全有理由害怕自己和怀疑自己。同样，一个人更多地面对着自己的同类，他便会变得麻木、困厄、不知所措。人类越来越拥挤了，所以人类也就越来越远离自然和接近兽性，甚至连正视自己的机会也越来越少了。

我所要说的是，任何人和兽最难面对的就是自己。就如我现在，我正面对着"作家侃自己"这个栏目，这也是一面镜子，它试图要照耀我和穿透我，而我又会说些什么呢？我很茫然和迷惑，我几次在这面镜子前看着自己，可我发现镜子中的景象雾气茫茫，我便几次提笔又几次放下。

现在北京已经进入六月了，天却依旧少雨，风沙比春时弱了一些，空气却依然干燥。不知怎的，我时常怀想起过去岁月中的那些好天气，这些好天气像豆子一样被满满地装在一只篮子中，我孤独而固执地挎着它，每触摸一次都感觉出那种无法形容的饱满和盈实，那种清脆的响声令人想起雪花和雨丝，自然在那里安恬地过着它们的好日子。

我出生在祖国的最北端——漠河北极村。那里像一个天然的大植物园一样拥有着森林、原野和河流。我很庆幸自己能有这样一个美好的出生地。我记忆最多的日子便是雪天，冬天极其漫长，雪一场接着一场，天地之间全是白茫茫的，有的雪直到夏天也不消融，所以在北极村是有古老的雪存在的。这些童年的生活印象对我后来的创作产生了很大影响。天地大极了，而我渺小极了，渺小到我观望自然时觉得它们会把我埋葬。那时我并不知道所有的人都如我一样直面着这样庞大的自然。就如我现在，我去过了许多城市，而且寄居在一个城市中，才蓦然觉得，自己已经在饿虎似的人类面前被吞食得微乎其微，城市的那些做作的公园和虚假的林荫道已经扭曲了自然的原生状态。所以我便热切渴望回到过去的那些好天气中去。

迄今为止，我发表了五十余万字的小说。对于这些作品，众说纷纭。对此，我不想说什么。我只记得一九八四年大兴安岭刚刚融雪的某一个天气中，我开始创作《北极村童话》，那年我二十岁，可这篇作品发表时已经是一九八六年，时间又过了两年，我知道一切都去得很快。我在太年青的时候就为自己设置了一道障碍，这使我这几年的创作道路走得并不轻松。我开始冷静地正视自己，我的生活底子和知识的准备，这些都还显得太贫乏，这种自省使我比较深地体会到文学道路的艰难性，因为要绝对地完成一种创造实在太难了。我常常想，一九八四年坐在春季好日子里的那个女孩子她创作小说，并没有想到将来要成为作家。后来听到有人以作家称她时，她便非常惶惑不安。生活还有一大段路呢，什么都别来得太早。我所希望的是我不愿意丢失那时的那个女孩子，我得牢牢地抓住她。

这两年的学习生活使我读了不少书，我知道对每一位作家来说处境都不乐观。我每年在夏冬两季辛辛苦苦地奔波在回家和返校的路上。每次回家坐在车窗前望着外面的景色时，我都忍不住忧郁起来。对我来讲，奔波才只是开始呢，可我愿意继续这种遥远的旅程。我曾经有过祖父和父亲，虽然现在他们生活在墓园中，但我总觉得他们与我不可分割。现在我家里还有母亲、姐姐、姐夫、弟弟和弟媳，在北极村，我的外婆和外祖父也依然健在，我每每思念他们，他们是我生活中最重要的组成部分，我同样与他们无法分割。

我胃不好，牙齿也不好，经常感冒，我在这些小毛病的陪伴下读书、写作、生活。我不喜欢出门，在北京两年了，连颐和园都没去。我穿着很随意，不会修饰自己。我喜欢听轻音乐，爱忧郁、感伤，喜欢喝茶，喜欢黄昏。我时而脾气不好，所以我的朋友不太多。我也时时为自己将来的命运烦恼，不知这个地球上哪一个位置更适合我，哪一间房子可以收留我，我一无所知。

最近英语考试刚刚结束，所以我轻松地翻看一下书。看弗吉尼亚·伍尔夫的《黑夜与白天》和普拉蒂尼的《我的足球生涯》。我不喜欢伍尔夫的这部作品，虽然我喜欢她别的作品。但我却很喜欢《我的足球生涯》，普拉蒂尼是一位优秀的足球明星，在他挂靴前进行完告别赛之后，他一个人回到了更衣室："现在，我一个人在更衣室里，靠在写着我的名字的衣柜上。衣柜是金属做成的，冰凉冰凉。'米歇尔·普拉蒂尼'几个大字印在上面。换上别人面对这种情景会伤心地哭起来。我也哭了。但是我尽量想到贝利、里瓦、马佐拉、里维拉、克鲁伊夫、贝肯鲍尔等人。他们都是我的兄长，亲爱的兄长。如今，我可能同你们一样了。现在，我也许明白了：在荣誉的桂冠下面，在欢呼声的背后，便是孤独，我们的孤独！"

我觉得再没有比这段文字更能动人的了。辉煌便是死亡的前夜，普拉蒂尼深刻地体验到了，说明他创造了不朽；我们大家可能一生都不会有这种体验。如果将来有遗憾，一定便是它了。

玉米人

晚夏时节，玉米成熟了。街头做烤玉米生意的乡下人多了起来。

有一天，在离我家很近的中山路上，我遇见了一个卖玉米的人。他占据着很好的地段，背靠着沃尔玛超市和工人文化宫，在过街天桥下，用一个铁皮箍起的炉子，烤着玉米。玉米被竹签穿着，一穗穗地横在炭火上。他似乎害了伤风，不时地抽着鼻子。他的生意真不错，烤好的玉米很快被路人买了去，他便剥了新的玉米，接着烤。在他旁边，摊开着一个大网袋，那里面装着至少上百穗的玉米。

我不爱吃烤玉米，想买他几穗生的，回家去煮。我指着他烤着的玉米问："多少钱一穗？"

"一块五。"他转动着竹签，头也不抬地说。

"我想买四穗。"我说。

他抬起头，问了句："你能吃了四穗？"

"我要买生的，回家去煮。"我说。

他抽着鼻子，很干脆地说："不卖！"

我以为他怕我跟他讲价，于是安慰他说："我买生的，也按一块五一穗的钱给你。"

"那也不卖！"他坚决地说。

这让我大惑不解。我开导他："你卖熟的才一块五，而我买生的是一样的价，省了你的炭火，还省了你的力气，你怎么算不过来账？"

一听我嘲笑他不会算账，他沉下脸，指着我庄严地说："卖给你生的，那些要吃烤玉米的人，要是不够吃了怎么办？"

天哪，竟然是这理由！我在心底里骂着他"蠢货"，掉头而去。到了中山路与单新街相交的路口，我碰到了另一个烤玉米的人。这次，我以熟玉米的价钱，顺利地买了几穗生玉米。摊主显然明白这买卖划得来，很高兴，他笑着对我说："吃好了再来啊。"

我提着生玉米往回走的时候，又遇到了那个不卖给我生玉米的人。我站定了，示威性地晃悠着手中的玉米。他在招揽生意的时候，看到了我，也看到了那兜玉米，他张大了嘴，很惊恐的样子，好像我提着的，是一颗颗手雷。他别过身去，连打了几个喷嚏，然后回过头来，接着烤他的玉米，那么地安闲，那么地从容。

夏季过去了，街上烤玉米的人都不见了。有一天路过天桥，在苍茫的暮色中，我忽然想起了那个烤玉米的人，想起了他清瘦而黧黑的脸，以及他灵活地转动炭火上的玉米时的知足的神态。我忽然觉得他是一个身上洋溢着神灵之光的人。他为了一个信念，或者说是一种责任，拒绝唾手可得的利益，他这种固执，难道不可贵吗？

我想，好的写作者就应该像那个玉米人那样，可以笨一点，可以放弃一点现实的利益，可以甘心承受因坚持自己的信仰而带来的生意上可能的冷清。我愿意做这样一个玉米人，守着自己的炉子，守着炉子里心灵的炭火，为那些爱我作品的读者（哪怕是少数），精心焙制食粮。

作家的那扇窗

　　一个作家，大概一生要做的事情，就是建立一个自己的文学世界。如果把这个独有的文学世界比喻为房屋的话，作家无疑就是屋子的主人。不管这房屋是什么材质和风格的，有一点是必不可少的，那就是要有一扇看世界的窗口。因为没有窗口的房屋就是死屋，天长日久，主人会被窒息。而有了窗口，你就找到了与世界共振的节拍。

　　窗子打开了，什么样的风景能入作家的眼，因人而异。不要以为宏阔的风景就一定是大风景，而细微的风景就是小风景。也就是说，文学世界的构成，或者说是文学的力量，不是由所选取的风景的大小、远近来判断优劣的，它是由作家看待

世界的深度、对生活的领悟力来决定的。这其中包含了作家对
人性复杂性的揭示、对邪恶的鞭挞、对苦难的承担、对爱与美
的拾取等多重因素。比如同样是美国作家，欧内斯特·海明威
就是一个喜欢描写大风景的作家，他的笔下呈现的是世界大战
的风云；而威廉·福克纳呢，是一个描写小风景的作家，他以
南方故乡那块邮票大的小镇为阵地，写尽了世间百态。他们同
样是伟大的。

　　相似的例子，俄罗斯的文豪托尔斯泰，是喜欢描写大风景
的作家，而与他同时代的陀思妥耶夫斯基，致力于从小处入
手；法国的巴尔扎克和雨果，与托尔斯泰一样，在作品中向我
们呈现的是法国各个阶层波澜壮阔的生活画卷，而福楼拜呢，
展示给读者的却是寂静安详的风景。其实福楼拜也写了风暴，
不同的是切入点不同而已。大风景让人难以忘怀，小风景同样
耐人寻味。相比较，就我所读过的德国作家的作品，他们喜欢
选取的风景是不大不小、非远非近的，这样的风景也格外迷
人。比如歌德、托马斯·曼、海因里希·伯尔、君特·格拉斯
等。

　　作家的洞察力和想象力，决定了他们会把什么样的风景拉
入笔下，他们总要描摹最熟悉的风景，书写最熟悉的人和事。
可是一成不变的风景，哪怕它再绚丽，也会让人产生审美疲
劳，所以，适当地看看不同的风景，对作家来讲是重要的。也

就是说，文学的跨国度交流，是必要的。我们从自己的窗子，看到了陌生的风景，这样的风景虽然被置于远景的位置，但它可以作为近景的一种恰到好处的延伸，送你一双重新审视风景的慧眼。不过，文学的交流与其他艺术形式相比较，更艰难一些，因为文学需要借助于翻译，而音乐和美术，却可以直观地感受到艺术的魅力。音乐和美术在我眼里是长着翅膀的艺术，只要它想翱翔，是不存在边界的；而文学走遍世界，则要冲破一道道语言的关隘，它的旅程，无疑是漫长、曲折的。正因如此，文学的交流，才显得更为重要。

我们坐在自己的屋子里，把窗户打开了，但这扇窗又不能永远敞开着。一个作家既要有开放的心态，又要适时地"封闭"自己。也就是说，风景看得太多、太满，感受了太多的喧哗，也不利于创作。而且，真正的风景，最终是留在心底的风景。而能留在我们心底的风景，注定是我们收回目光、低下头来的一瞬，从心海里渐渐浮现的风景。这样的风景宛如日出，会洞穿这世界的黑暗。所以，伟大的作家，首先是民族的，其次才是世界的。作家根植的故土有多深，他的文学世界就有多深。

自觉与被动

　　多年以来，我们的文艺工作的领导总是鼓励艺术家们深入生活。这动机当然是善良的，怕艺术家们久居城市失却了乡间的泥土气息，失去了那种鲜活、淳朴的生命活水的滋养。于是，一批批作家络绎不绝地去了工厂、农村、矿区，住木棚、开荒地、下煤窑，企图在获取生活的第一手原始资料后使文学艺术得到出人意料的升华。然而事情往往适得其反，那样的作品往往流于简单和粗糙，生活气息倒是庸碌地洋溢着，但唯独嗅不到一部作品所应有的精神气息。

　　被驱动着深入生活无疑是一种被动行为。而创作本身却是一种自觉的精神需求，二者本身就相悖和矛盾。如果被指定的生活地点恰恰是你向往已久的，那么你可以说是幸运的，主客体会水乳交融地达到天人合一之境。然而大多的时候，你置身的环境却不是你渴望去的地方，你浮光掠影、走马观花地生活一段时间，也许会让本来就浮躁的心变得更为浮躁，本来就山穷水尽的激情变得更为枯竭。这样的深入生活无疑是失败的。

我们在谈深入生活的同时，是否把人的想象力置于一个无足轻重的位置了呢？深入生活在某种程度上轻视和忽略了作家的想象力，而丰富的想象力却是一个作家永远立于不败之地的法宝。想象力的培养更多源于书籍的滋养、各类艺术形式的启迪（音乐、绘画、建筑等等），闲适心态下的无边无际的冥想。而杂乱无章、枯燥无味的生活会瓦解想象力。一个作家的想象力被磨蚀殆尽，面对一切都麻木不仁、毫无感觉时，就只能永远留在"生活第一线"了。

我很惋惜的是我们有那么多曾经历过苦难的作家，他们那些曾经脍炙人口的作品中对苦难的理解是那么出于私人的目的，那种完完全全的带着受害者强烈报复心理的声嘶力竭的哭喊，我对这种肤浅地倾诉苦难的方式向来心怀警惕。因为这是一种迫不及待要得到补偿的哭诉，它缺乏公正与平和的心态，狭隘地理解了属于人类意义上的苦难。所以，一旦他们摆脱了他们视为罪孽的苦难后，他们有可能比谁都更唯利是图，比谁都更平庸，比谁都更没有灵魂。

其实，我们最缺乏的就是看待世界的理性的目光，缺乏一种镇定自若的平和的心态。否则我们不至于总是因为是否占有了生活而张皇失措、无所适从。优雅的气质对于一个作家来讲，是多么的至关重要。

我们不断地提倡深入生活，如果从警惕和平生活的角度来理解，无疑是有可取之处的。没有人喜欢战争、瘟疫、自然灾害，但不可否认，这些因素构成了以往文学的辉煌。自从日本的广岛和长崎遭受了原子弹毁灭性的袭击、第二次世界大战宣告结束后，战争已经变得十分枯燥了。海湾战争留给我的印象不是什么规模宏大的沙漠行动，而是两种导弹的名称——"飞毛腿"和"爱国者"。很难想象未来战争还会不会有诺曼底登陆的壮举。以往的战争是以人为中心的，因而战争中演绎出了无数惊心动魄的故事，有的简直就是神话。未来战争是否还会以人为中心，值得怀疑。

没有了战火硝烟，没有了遭受践踏后的屈辱，外面风调雨顺，我们躲进小楼，向壁而坐，不愁衣食，往往就容易产生惰性。在这种情况下用不着号召作家深入生活，一个好作家会自觉地到他的精神所需要的领地上去。只有内心真正渴求的雨露和阳光，才能起到滋润和照耀的作用。只有自觉的行为才能给人以激情和动力。

文学中还有一种被动行为，那就是在某种主义的旗帜下挥笔写作。如果在战场上那是为正义而战，在文坛则是为主义而战。这同样是件极其可悲的事。其实多数的作家对于各种口号是持冷静和清醒的态度的，因为好作家只应该关心人的精神历程。但不可否认的是，极少的一些作家仍然把旗帜当成盛夏浓荫下清凉的庇护所，而作品也不由自主地围着它绕圈子，从而戕害了个性的发挥。

自觉地做自己想做的事可以使心灵获得自由，可以水到渠成地陷入一种精神的迷醉状态，对于作家来讲，他还能苛求什么呢？当你的笔在夜阑人静之时驱动着你如入无人之境地在草原、荒山、沙漠、农人的小屋、牧人的帐篷、古战场的遗迹、岭上河畔中驰骋时，当你的笔不经意使一滴晨露有了忧伤，使一缕炊烟含了别情时，这种自觉的挥洒自如的精神生活怎能不令人陶醉呢？

大约在我十二三岁的某一年盛夏，那时我还生活在大兴安岭的森林里，有一天我和几个采山能手去深山里采都柿果。她们都比我年长许多，手上提着大号水桶，我则提着一个维得罗（小水桶）。我们早晨从家里出发，母亲还给我带了个馒头作为午饭。我跟着她们在无路的茂密丛林中跨小河、过灌木丛，后来在一片背山坡上找到了一大片无人涉足的都柿果。那都柿又大又紫，熟得要绽了皮了，轻轻一碰便咕噜咕噜地落在桶里。大家见到那一大片都柿都惊讶得说不出话来，纷纷蹲下身子飞快地采摘。临近中午时我们已经大有所获了。我们吃过午饭，又陆续找到了几块都柿稠密的地方。由于我早就采满了一桶，加上一个馒头并未使我完全饱了肚子，我便坐在都柿丛中拣那些甘甜的、个大的一颗颗地吃下去。都柿是一种很奇怪的野果子，据说最初来到大兴安岭的勘察队员都曾被它醉倒过。我在吃都柿的时候其他妇女就叫着我的乳名提醒我，要我少吃点，别醉了。可她们摘满桶之后又把避蚊用的纱巾也解下来兜都柿，最后连衣服也脱了下来，袖口用绳子系紧，充当盛都柿的容器。我为了等待她们只能吃都柿，因为我记不得回家的漫长的路。等到她们心满意足时，太阳已经向西了。我拔腿而起，用胳膊挎着那桶都柿，觉得头晕眼花，腾云驾雾一般。嘴和牙也被吃成紫色，遭到了她们一阵的哄笑。

出了深山密林，走到公路上时，夕阳已经摇摇欲坠了。大家看我醉得步态不稳，怕我撒了满桶的都柿，就轮流替我提着。当我们接近村落的时候，我远远就看见家人因为着急而出来寻我们了。这时我虚荣心十足，摇摇晃晃地把自己采的那桶都柿拿过来挎到胳膊上，带着一种收获的喜悦，陶醉而羞涩地迎着亲人走去。我的眼前光影斑斓，口中果香浮动。

那种迷醉真是妙不可言。那是一种自然而然使人身心愉悦的迷醉。文学要是总能进入那种状态该多好。

靠近人

当我们听一支歌、读一首诗、看一幅画而心有所动的时候，说明一种旋律、一缕愁思、一片弥漫的色彩向你靠近了。你在不知不觉中接受了它们，并且很自然地作为一种生存的营养。

好的文艺作品应该靠近人，而不应凌驾于人之上。然而我们在很多年里却忽视了这个起码的常识。因为我们重视并非纯粹意义上的"教育"，忽视"审美"，不敢正视人内心深处的真情实感，以为忧伤就是颓废，以为悲哀就是消沉，以为绝望就是堕落。仿佛我们的内心世界一片阳光灿烂，阴霾不起，波澜不惊。然而人心不是石头，它自然会接受那些我们曾经嗤之以鼻的东西，接受我们曾一度认为腐朽、小资产阶级情调的东西。毕竟不是水深火热的年代了，我们听优美舒缓的美国乡村音乐比听曾经鼓舞了一代又一代人斗志的革命歌曲更为亲切，这并不能说明我们无视历史，无视曾有的苦难和屈辱，然而历史是不能向前的。把中国二十世纪五六十年代的绘画与二十世纪八十年代以后的绘画做一个比较，我们会发现这变化有多么迅速和巨大，因为简单和空洞不见了，取而代之的是丰富、绚烂和奇诡。从文学作品来看更是如此，假、大、空的文学作品少见了，甚至连"伤痕文学"也在给人一种重温苦难的警醒后款款谢幕了。生活的多元性、复杂性开始逐渐体现出来。人们从未像现在这样重视"自我"，关心"自我"，挖掘自身的潜能。我是多么庆幸自己能生活在这样一个时代，它给予了我选择的自由。我不喜欢听《我们是黄河泰山》《血染的风采》时，我便完全可以改换频道去听《当爱已成往事》《回到拉萨》，这并不表明我不爱国，我在听《义勇军进行曲》时的激动是可以证明这一点的。我只是想我们在试图"歌颂"时往往就忽视了审美，而用文艺形式有意强化一种精神大概只会适得其反。无疑艺术家应该更加关注人的生活，人在社会中，因而必然也就是关注着一个时代。时代对我们的意义永远是背景，需要人的活动才能使时代生动起来。我们已经不再像过去一样无知地将宗教当作迷信了，我们正需要一种宗教精神的滋润。因为宗教给予人幻想和力量。

近几年评论界掀起了一股"主义"狂潮。许多具有多方面发展潜力的有才华的作家被拉至"主义"麾下，像小学生一样被乖乖地给排在那里。殊不知作家的作品本身其实比"主义"要生动、可靠得多，因为它们诞生在"主义"之前。评论家似乎并不关注作家的精神气质，而只在是否过时上大做文章。而那个真正关心作家作品精神气质的评论家胡河清，却自杀了。他的文章出语平常、恳切、睿智而深入人的骨髓，毫不张扬，常常在文章中自谦为"评论员"。我常常觉得这是一个与郁达夫的精神气质极为相通的人。而事物往往就是这样：求真者最易消失，因为他们是"有情"者，而有情人是痛苦的。我无意探究胡河清自杀的原因，我只是为他的离去而痛惜，为一种独特声音的消失而怅惘。

似乎再没有什么可说的了。对于一个作家来讲，写作是他（她）一生的事业。人的一生会有很多经历，我关注自己在这个过程中对于爱情、理想、荣誉、友谊的逐渐认识，关注自己的喜、怒、哀、乐，关注我的精神所散发出的一切气息：忧伤、愉悦、自我毁灭欲望、愤怒、欢乐，等等。毫无疑问，这种关注就是对文学的拥抱。

小说的气味

　　从我开始写作至今，大约有二十个年头了。当初，我并不知道小说为何物，就雄赳赳、气昂昂地下笔写了。之所以如此胆大包天，是因为我的胸中涌动着强烈的表达欲望，不吐不快。我想写姥姥和舅舅，想写菜园中的花朵和蝴蝶，想写曾经威风凛凛、最终老眼昏花的大黄狗，想写雪上的渔火、白昼中不沉的太阳、森林河谷畔的小木屋，等等。所有这一切，都像层层叠叠的阴云一样压迫着我，叫我透不过气来。我只有将笔当作闪电来击碎它们，才能获得心灵上的安宁和慰藉。

　　那时，我不知道小说为何物，现在对它仍然是糊涂的。我想这种糊涂是爱的一种体现。我爱小说，所以不能给它一个确切的定义。这同爱一个人是一样的，你能说你爱的仅仅是一个人的品质，而不是他（她）的眼神、姿态、服饰甚至是身体的气味吗？

　　我喜欢有气味的小说，美学家们也许用的是"气韵"这个词。有气味的小说，总是携带着浪漫的因子，使人读后留有回味的余地。所以，不管那作品是现实主义的，还是浪漫主义的，只要我从中读出了气味，我就喜欢。我喜欢《红楼梦》中的"太虚幻境"，喜欢《三国演义》中诸葛亮临终时口中衔米致使七星不坠、敌方不敢贸然出兵的描写，喜欢《西游记》中那个能够上天入地的孙悟空。读外国小说，我也能读出气味，如《白鲸》《复活》《日瓦戈医生》《包法利夫人》《拓荒记》等等。比较而言，我更加能够从中国的小说中读出气味。透过汉字，我能读到它的血和肉，读到它的灵魂。鲁迅的小说是有气味的，那是一股阴郁、硬朗而又散发着微咸气息的气味；沈从文的小说也是有气味的，它是那种湿漉漉的、微苦中有甜味的气味；张爱玲的小说也有气味，那是一种具有沧桑感的温和的气味。我在对小说气味的接纳上，是一个好胃口的人。所以，能够把小说写出气味的作家，我都喜欢。我觉得三十年代的作家的小说气味是浓郁而别致的，如郁达夫、柔石、萧红等等。而当代作家的作品似乎不那么在乎气味了。尤其是新时期以来的小说，我觉得最遗憾之处就在于很多人把小说与现实等同起来，削弱了其艺术上的浪漫成分，使小说成了宣传政治口号或者推广某项政策的代言人，这是对小说的强暴。其实作家对现实是应该警惕的，与之保持一段距离是没有坏处的。以小说为标榜而来干其他的勾当，自然会使其尘垢满面，使其丧失艺术的魅力。小说在这样的人手里无疑就成了垃圾箱。

小说的气味是如何产生的呢？我想这与作家的个人情怀有很大关系。我相信每一个优秀作家都是具有浪漫气息和忧愁气息的人。浪漫气息可以使一些看似平凡的事物获得艺术上的提升，而忧愁之气则会使作家在下笔时具有一种悲天悯人的情怀，从而使作品散发出独特的韵味。当然，个人情怀又与一个人的经历、气质、修养息息相关。要想把这个问题说得全面和透彻，是我力所不能及的。

我在读形形色色的小说的时候，感觉这些小说就是一道道菜，而我是一个食客。我不会像别人一样看它们的内容决定取舍，或者在意哪一道菜出自名厨手下。我会一视同仁地对待它们，然后像狗一样探着鼻子去嗅它们的气味。能嗅出味道的，我就将其取来，反之，则弃之不顾。因为我相信，气味是一道菜的精华。

激情与沧桑

我们在幼儿时期所听到的故事，除却它必然的童话色彩外，无一例外表现为形式上的短小精悍。很难想象哪个母亲会给孩子讲一个"且听下回分解"的长而又长的故事。倘真如此，不但孩子会容忍不了，就连做母亲的恐怕也难以承受那故事的重负。人类的本性是渴望明快、简捷的美好事物的，而且我们又有尽快知道"结局"的共同心理，谜底能及早脱落而出便会满足大多数听故事的人的愿望，所以那故事在葆有精彩程度的同时，当然以短为好了。就仿佛是一个人老潜在海底总不是什么好事，他总要适时地浮出海面透口气。

大约没有谁在人际交往中会喜欢絮絮叨叨的人。如果你面对着一个喜欢把简单的事情说复杂了的人，你的耐心恐怕就到了危崖边缘。你听着他车轴话连篇的时候会想：为什么三言两语能说明白的事，非要长篇大论不可？如果不是某种教养会使你仍然坐着听他的废话，你也许早已拂袖而去。或者也仍坐着，但却充耳不闻，心想其他。因为人对贫乏和重复话语的宽容度是有限的。

如此说来，渴望着在最短的时间里获知某种事物的精髓是人的共性。短篇写作的应运而生并且经久不衰也就可以理解了。

短篇小说强调一个"短"字，作家的力气都用在这个字上。有时运用得得心应手，那短篇就给人一种浑然天成之感；而有时用得力不从心，那短篇则给人一种虚无缥缈之感。所以说，短篇小说最重要的一点便是对激情的演练。故事里凝聚着激情，这故事便生气勃勃，耐看；而激情涣散，无论其形式多么新颖，也给人一种纸人的单薄感。当然，这激情不能没有来由，不能唐突，要水到渠成地款款而现。有力的白描，栩栩如生的细节营造，传神的肖像描写或人物对话，等等，都是短篇形成激情的关键环节。当然，激情的表达不能过于盲目，句首出现"啊"或者句尾频用惊叹号并不能证明激情已经如晚霞一样绚丽出现。激情应该像人的血一样在整部作品里丰沛而均匀地流淌着，它若只拥挤在一处，势必会涌起病灶而形成"栓塞"，不是什么好事情。激情的表达便有个"度"的问题，如同厨子做饭，掌握好火候是最关键的因素。也如同石匠凿石，用力过猛会使其分崩离析，而用力过轻会使其仍是顽石一块，不堪造就。

短篇有了激情，便会像小马驹一样颠颠地跑起来，给人虎虎有生气之感。当然，它无限制地跑下去是不行的，不但它会累死，你也会产生审美的疲劳。所以短篇如何能够在高潮戛然而止就成了至关重要的问题。偏偏有人在高潮出现后还喋喋不休地抒情，给人一种饱食过度的胀闷感；或者是没有高潮却生硬制造，给人狗尾续貂的滑稽感。

短篇小说因其容量有限，所以不可能面面俱到，你必须在构建它时突出某一点。这就如同找对象，如果你要求对方样样出色，就无形中给自己设置了一道永难逾越的障碍，最后只能落得个人老珠黄的下场。而你只看重某一点，也许反而会使这种爱情地久天长。短篇着重渲染某一点就会收到奇峰突起、耳目一新的感觉，反之则给人一种麻木和累赘感。这也同女人佩戴首饰一样，浑身珠光宝气反而让人感觉不到美，而如果脖颈处只吊一粒宝石却会给人一种石破天惊、光彩夺目之感。所以短篇必须有所侧重，或者着意渲染气氛，或者注重人物刻画，或者致力于形式探索。在突出短篇的某一方面时，作家的沧桑感起了至关重要的作用。我所说的沧桑感，并不是针对人的实际年龄而言，而是指作家的心理成熟度。作家具有沧桑感会使其自然而然摒弃那些奢华而浮躁的东西，而为短篇营造出一种天堂般的纯净的空气。沧桑感能使作家从容地取舍和裁剪，使人们嗅到作品的一股老辣而不失却浪漫的气息。而一个作家沧桑感的培养，并不是一蹴而就的事。

说了这些有关短篇的话题，也许有人会问，你是不是不喜欢长篇？非也。短篇和长篇都有美好的地方，这就如同听单纯的小提琴演奏与听宏大的交响乐会获得不同的审美感受一样。前者至纯至美、如泣如诉，而后者则大气磅礴，给人如临日出的壮美感。一个优秀作家是不会在小说形式上扬长抑短或者扬短抑长的。如果短篇和长篇一个是熊掌，一个是鱼，又为什么不能兼得呢？

据天文学家的分析和计算，日全食的发生时间最长不会超过七分三十一秒。然而一九七三年六月三十日的日全食，经过特别改装的协和飞机跟着月球的本影的移动速度飞行，在飞机上的科学家有幸看到了一次长达七十二分钟的日全食，领略了人类所能目测到日全食的最漫长和极限的黑暗。我想这就仿佛是读一篇短篇小说，却意外获得了阅读长篇的气势如虹的效果，给人一种大惊喜。作为作者，我渴望着写出这样的短篇作品；作为读者，我则祝愿我的同行能写出这样的作品，使我在阅读时能够获得酣畅淋漓的快感。

江河水

《北极村童话》是我的中篇处女作，发表于一九八六年，至今已有二十年了。这二十年中，我发表了二百万字的中篇小说，平均每年两部。可见我拿中篇当宝玉，始终不离不弃。

如果说短篇是溪流，长篇是海洋，那么中篇就应该是江河了。每种体裁都有自己的气象，比如短篇，它精致、质朴、清澈，更接近天籁；长篇雄浑、浩渺、苍劲，给人一种水天相接的壮美感；中篇呢，它凝重、开阔、浑厚，更多地带有人间烟火的气息。

当然，我说的是通常的气象。在某些时刻，也有"异象"生成，比如电闪雷鸣会使溪流在某一刻发出咆哮之声，大有江河之势；而海洋在风平浪静时，宁静单纯得如同婴孩，至纯至美。这些气质独特的"异象"之作在文学史上也不乏其例，它们大多出自天才的笔下。

海纳百川，方可磅礴。同样，江河汇集了众多的溪流，才能源远流长。就是那些"异象"的生成，也无不依赖水本身的气质。世界上没有哪一条江河是生就的洒脱和丰盈，它们总要吸纳无数涓涓溪流，才能激情澎湃。

溪流多藏于深山峡谷、人迹罕至之地，而纵横的江河却始终萦绕着我们，所以说江河与我们更加休戚相关。从这个意义上说，中篇的体裁更容易贴近我们的生活，我们可以在江河上看见房屋和炊烟的倒影，可以听见鸡犬相闻之音。

由于江河流域的不同，它们的气息也是不同的。北方的江河多有苍凉之感，南方的却脱不去温婉之气。这也造成了南北作家作品风格上的差异。

每个作家都有属于自己的江河。对我而言，黑龙江、呼玛河、塔哈河、额尔古纳河是与我生命有关的河流，感染它们的气息也就浓厚些。这些北方的河流每年都有半年的冰封期，所以河流在我眼中也是有四季的。春天时，它们轰隆轰隆地跑冰排了，冰排就像一朵朵盛开的白莲，熠熠地报春！夏季时，阳光灿烂的江河上有了船只，跟着船儿行走的，有浸在水中的山影和云影。秋天，江河消瘦了，水也凉了，落叶和鸟儿南飞时脱落的羽毛飘进水中，使江河仿佛生了一道道皱纹。冬天，雪花和寒流使江河结了厚厚的冰，站在白茫茫的冰面上，想着冰层下仍然有不死的水在涌流，仍然有鱼儿在摆尾，一种苍凉中的喜悦之情便油然而生。我作品中那些生活在寒冷地带的人对温暖的热切渴望，也许正因为此吧。

我的中篇之水，汇集的正是那片冻土上的生活之流。那里既有大自然的雨露，也有人的悲伤或喜悦的血泪。小说所要做的，就是钩沉它深处的故事，将它的风貌呈现给世人。

我说了，中篇是滔滔江河。想让我们的江河永不枯竭并能气象万千，我们所能做的和必须做的，就是对注入它的每一条溪流的珍爱和孜孜以求，对它流经的每一片土地的热爱和怜悯，这样，它们才能吸足养分，川流不息。我非常喜欢李白在《梦游天姥吟留别》中的一句诗："云青青兮欲雨，水澹澹兮生烟。"中篇若是能达到这样的境界，便是得道成仙了。

有关创作的札记

又降了两场雪，气温下降的幅度很大，真正的冬天来临了。

前两天晚上与戴妮电话谈创作经历，她是德国柏林洪堡大学的学生，要以我的创作作为她硕士论文的题目。她的汉语说得很流利，她似乎对当代文学中的一些文艺思潮尤感兴趣。她介绍说有位中国作家到了德国，认为中国没有像样的女作家，问我作何感想。我说："这个人除非读遍了中国女作家的作品，否则没有这个发言权。"我极其莫名其妙，一些创作成就还不错的中国作家，一到了国外就偏激得忘乎所以。中国女作家纵然有时过于狭隘、琐碎，但是还没有某些男作家走红文章所散发的那种庸俗和势利。男作家要是优秀就顶呱呱地优秀，要是俗起来可也真就没边没沿了。

《陈寅恪的最后二十年》读毕。辛酸再辛酸。陈寅恪本想留在大陆给自己留下更广阔的空间，然而我们在特殊的历史时期留给他的空间跟囚室一样狭窄。陈寅恪的悲剧是整整一代有良知的知识分子的悲剧。如果这样的悲剧再重演，谁还愿意睁着眼睛看世界？

一九九六年十一月十日

零下二十几摄氏度了，真冷，在街巷中散步时觉得耳朵刀割般疼痛，寒风的威力正在逐渐显示出来。

这十几天，断断续续读完了杜拉斯的随笔。有几章令人难以忘怀，尤其写到她老年酗酒的经历，读之心酸不已。世界上所有的艺术家几乎没一个是身体健康的，大约是由于敏感的心灵承受了太多的苦难的结果。健康的人少了那种分裂灵魂的痛苦，因而这样的人在人间才会快活。而艺术家的快活都沉浸在冥想中了，冥想常常带给他们精神分裂的痛苦，身体也就随之变得跟灰烬一样毫无生气。每当我把事物往简单和虚无处设想时，就有一种四面楚歌的感觉。

读了一半《尼采传》，翻译得不好，行文很碎。疯掉而进入死亡者乐园的尼采，他的灵魂在哪里？如果他在另一个世界见到了上帝，我相信他会第二次发疯。从某种程度上讲，瓦格

纳的友谊成就了尼采，同时也摧残了尼采。因为两个太优秀的
人在一起，彼此都在扼杀对方的想象空间，最后只能相互
背叛。

一九九六年十二月二日

　　用了一个夜晚读完了胡河清的《灵地的缅想》。他的那篇
自序实在是太凄艳美丽了，真的仿佛是一个即将作别人间的人
的手笔：忧郁而灿烂。以往我读过他的几篇作家论，感觉其捕
捉作家精神气质的准确。他评价杨绛的那篇文章实在是美，许
多语句可当作诗来读。如他在评价《洗澡》中的姚宓时用了这
样的话："而姚宓呢，却像是中国旧式书香门庭中常见的唐梅
宋柏的残根上生的一朵灵芝，有一股风霜寒露中熬出来的清
气。"这是多么透彻而传神的表达啊，这大约与他对佛学的涉
猎有关。从他的自序中，可以看出他是一个清隽脱俗而尽知人
世之甘苦的人，他的突然自杀是否是神灵对他的一种召唤呢？
一个人经常失眠，且住在一座老宅子中，是很容易灵魂出窍
的。据说他自杀的那天细雨匝匝，而我童年所获知的经验是，
鬼魂们喜欢在雨天出游。胡河清那天看见了什么？是他所梦见
的灵地的那种绚丽之光吗？我相信在本世纪末，胡河清是最后
一位有着仙风道骨的大批评家。可惜他不愿意再继续精神历程
的探索，也许它带给人的苦难太难以承受了，为我们留下了深

深的遗憾。胡涂乱抹了几句诗，算是对天才早逝的一种悼念：

> 梵音飘来雪莲花，
> 灵地失语吹箫人。
> 水草纵横切明月，
> 红鱼潜底叹河清。

一九九六年十二月三十日

简直是太冷了。

心情不好，于是晚饭后打的去兆麟公园看冰灯。游人倒是不少，一个个全冻得呲呲哈哈的。冰雕作品与往年相比大同小异，只不过宫殿造型更多了一些。最大的要数"灵霄宫"。比较有意味的是广寒宫，那背后的圆月同天上的一样是黄色的。只不过假的更亮，而真的则有些朦胧罢了。此外还有蟠桃园、欧式教堂等景观，它们看上去实在一般。好看的要数南极、北极风光的景点，无数的企鹅站在那里，此外还有海豹和北极熊的造型，与冰雪较为吻合。最惹人发笑的是望江亭，亭子像个道士帽，所谓的江上的小舟雕得格外古板，这江可谓大煞风景。而西南角则有一尊硕大的佛像，看上去倒是慈眉善目的，只是这佛一颗寒心在胸，如何普度众生？

大约只转了半小时，就觉了无情趣，于是出了园子，打车归来。出租车司机大约如我一样情绪不佳，所以当他转弯突然有一辆车超他而过时，他摇下车窗冲那车大骂一句："狗卵子！"我便暗暗笑了。

一九九七年一月二十二日

今年第一期的《外国文艺》和《世界文学》都以醒目位置刊登了希姆博尔斯卡的诗。她是一九九六年获得诺贝尔文学奖的波兰女诗人，今年七十四岁。

我把那些译诗全部读了，并未觉得有多震撼人。比起波兰另外两位获得诺贝尔文学奖的作家显克微支和米沃什，希姆博尔斯卡无疑逊色许多。她的诗老想做哲学思辨方面的努力和探索，所以诗味不浓郁。而读海涅、普希金、叶芝、泰戈尔的诗却不会有这种感觉，这些人的诗读后会给人带来审美的愉悦。也许是翻译造成了语言交流的障碍？联想起中国的一些大诗人，如李白、杜甫、屈原、苏轼，他们的诗是如何的好啊！甚至近代的徐志摩和戴望舒，也让人钦佩不已。"飞流直下三千尺，疑是银河落九天"，"朱门酒肉臭，路有冻死骨"，"路曼曼其修远兮，吾将上下而求索"，"轻轻的我走了，正如我轻轻的来；我轻轻的招手，作别西天的云彩"，"撑着油纸伞，独自彷徨在悠长、悠长，又寂寥的雨巷，我希望逢着一个丁香一样的结着愁怨的姑娘"。这些诗句是多么的有韵致，可谓千古绝句！我怀疑，外国的诗被翻译过来后，能否还称得上是诗。而中国的诗被翻译成外文后，诗的韵味的损失是否不可收拾。如此想来，文学的交流总是以损失本民族语言的纯净度作为代价。这是否是好事情，值得怀疑。

平素我是喜欢读古诗的，喜欢那种押韵工整的诗句，读起来朗朗上口。自己也时不时信笔写上两句，抄在一个大本子里，平素拿来翻翻，觉得格外有趣。比如"藤绕雕梁接秋月，叶落庭院待悲风"，"沙鸥栖舟楫，落霞下江南"，"旌旗卷疾风，暮鼓分天下"，"谁人窗前唤燕雀，不知春色已移户"，"水沸滚饺子，茶沸灯影昏"，等等，自己偶尔翻开读读，也觉得是一种休息和享受。这些诗未必好，可它传达的是自己的精神气息，因而，你自己会珍爱它。

一九九七年二月十七日

上午写完了《热鸟》，长吁一口气。午后去复印这五百多页的稿子，整整耗去一个下午。那间复印室在地下室，有些阴冷，印到一百多页时，复印机又出现了故障，耽误了近一个小时。当我捧着印完的稿子从地下室出来时，地上已是万家灯火的时分了。

想想写作的确是一种诗意的劳动，所以每当我写完一部较长的稿子，都有一种无法言说的轻松感。

随着年龄的增长和写作历史的增多，我越来越觉得一个优秀作家的最主要特征不是发现人类的个性事物，而是体现那些共性的甚至是循规蹈矩的生活。因为只有这里才包含了人类生活中永恒的魅力和不可避免的局限。我们只有在拥抱平庸的生活后才能产生批判的力量。我喜欢平实、不事张扬的作品，追求作品在气质上所体现的朴素宁静，因为它与我理想中的生活观、幸福观以及审美观不谋而合。

吃过晚饭后早早就上床了，偎在被窝里写了一封长信。我在想：这世界究竟有什么东西是不朽的？什么东西又能是真正自由的？后来我才明白，自由早在我们出生时就被人用尽而逃遁了。至于不朽，我想只有渴望才是不朽的，因为它在未到达目的地的过程中一派灵光闪烁。

一九九七年二月二十六日

卓别林并不仅仅是喜剧大师，而是一代艺术大师。我格外喜欢他作品的那种贴近底层生活的满含辛酸的幽默。这种幽默具有批判的力量，它在使人发笑的同时内心却流着眼泪，绝不像我们现在舞台上所泛滥的小品，那种弥漫着庸俗、油滑、装疯卖傻和毫无文化的"逗趣"，让人脸红和作呕。

比如卓别林的《摩登时代》，我今天又重温了一遍，仍然觉得它很动人，这也勾起了我对这位艺术大师的怀念。在影片中，主人公从监狱出来，与流浪女走进一座破旧不堪的房屋，当他激情万分地欲向对方表达爱意时，他突然踩翻木板跌进河里。这使得爱意的表达中止了，爱成了休止符，成了悬在天空的一条虚幻的彩虹。这仿佛是在提示人们：爱情是脆弱辛酸的，因为它虽然蓄积了满腹能量，也会突如其来地消失。当男主人公与流浪女共同度过了一个美好的夜晚，他第二天清晨无比幸福地对着屋前的河水想痛快地畅游一番时，他一个猛子扎下去，却被重重地磕了头，因为河水太浅了，根本不适宜畅游。快乐无处释放，它那么快就演变为沮丧，尴尬很明显地出现了，男主人公那一瞬间一副哭笑不得的表情，原来幸福的获得是有代价的。

卓别林是很伟大的，因为他让我们悟到了幸福的真实属性：那就是在追寻幸福的过程中伴随着无尽的辛酸。我想幸福是一种错觉，而辛酸才是人的真实处境。所以，人们在遭逢幸福时总是像白痴一样无所作为，而在辛酸生活的激发和压榨下，却能焕发出夺目的艺术才情和思想光辉。

一九九七年二月二十八日

锁在

深处的

蜜

不管它藏得多么深，
总会有与之相配的生
灵发现它。

寒冷的高纬度

——我的梦开始的地方

从中国的版图上看，我的出生地漠河居于最北端，在北纬五十三度左右的地理位置上。那是一个小村子，它依山傍水，风景优美，每年有多半的时间白雪飘飘。我记忆最深刻的，就是那里漫长的寒冷。冬天似乎总也过不完。

我小的时候住在外婆家里，那是一座高大的木刻楞房子，房前屋后是广阔的菜园。短暂的夏季来临的时候，菜园就被种上了各色庄稼和花草，有的是让人吃的东西，如黄瓜、茄子、倭瓜、豆角、苞米等；有的则纯粹是供人观赏的，如矢车菊、爬山虎、大烟花（罂粟），等等。当然，也有半是观赏半是入口的植物，如向日葵。一到昼长夜短的夏天，这些形形色色的植物就几近疯狂地生长着，它们似乎知道属于它们的日子是极其短暂的。我经常看见的一种情形就是，当某一种植物还在旺盛的生命期的时候，秋霜却不期而至，所有的植物在一夜之间就憔悴了，这种大自然的风云变幻所带来的植物的被迫凋零令人痛心和震撼。我对人生最初的认识，完全是从自然界的一些变化而感悟来的。比如我从早衰的植物身上看到了生命的脆弱，同时我也从另一个侧面看到了生命的从容。因为许多衰亡了的植物，在转年的春天又会焕发出勃勃生机，看上去比前一年似乎更加有朝气。

童年围绕着我的，除了那些可爱的植物，还有亲人和动物。请原谅我把他们放在一起来谈。因为在我看来，他们都是我的朋友。我的亲人，也许是由于身处民风淳朴的边塞的缘故，他们是那么的善良、隐忍、宽厚，爱意总是那么不经意地写在他们的脸上，让人觉得生活里到处是融融暖意。当然，他们也有自己的痛苦和苦恼，比如年景不好的时候，他们会为没有成熟的庄稼而惆怅；亲人们故去的时候，他们会抑制不住自己的悲哀情绪。我从他们身上，领略最多的就是那种随遇而安的平和与超然，这几乎决定了我成年以后的人生观。至于那些令人难忘的小动物，我与它们之间也是有着难分难解的情缘。我养过狗和猫，它们都是公认的富有灵性的动物，我可以和它们交谈，可以和它们搞恶作剧，有时它们与我像朋友一样亲密，有时则因着我对它们的捉弄，它们好几天对我不理不睬。至于猪、鸡、鸭等等，这些家畜、家禽，虽然养它们的目的是为了食肉，但我还是常常把它们养出了感情，所以轮到它们遭屠戮的时候，内心就有一种说不出的痛苦。但是大人们告诉我，这些家畜、家禽养来就是被人吃的。我想幸好人类没有吃花的嗜好，否则这些有灵性的、美好的事物还有多少能被人"嘴下留情"呢？

生物本来是没有高低贵贱之分的，但是由于人类的存在，它们却被分出了等级，这也许是自然界物类竞争、适者生存的法则吧，令人无可奈何。尊严从一开始，就似乎是依附着等级而生成的，这是我们不愿意看到和承认的事实。虽然我把那些动物当成了亲密的朋友对待，但久而久之，它们的毙命使我的怜悯心不再那么强烈，我与庸常的人们一样地认为，它们的死亡是天经地义的。只是成年以后遇见了许多恶意的人的狰狞面孔后，我又会情不自禁地想起那些温柔而有情感的动物，愈加地觉得它们的可亲可敬来。所以让我回忆我的童年，我想到亲人后，随之想到的就是动物，想到狗伸着舌头对我温存的舔舐，想到大公鸡在黎明时嘹亮的啼叫声，想到猫与我同时争一只皮球玩时的猴急的姿态。在喧哗而浮躁的人世间，能够时常忆起它们，内心会有一种异常温暖的感觉。所以，在我的作品中，出现最多的除了故乡的亲人，就是那些从我的脑海中挥之不去的动物，这些事物在我的故事中是经久不衰的。比如《逝川》中会流泪的鱼，《雾月牛栏》中因为初次见到阳光、怕自己的蹄子把阳光给踩碎了而缩着身子走路的牛，《北极村童话》里的那条名叫"傻子"的狗，《鸭如花》中那些如花似玉的鸭子，等等。此外，我还对童年时所领略到的那种种奇异的风景情有独钟，譬如铺天盖地的大雪、轰轰烈烈的晚霞、波光荡漾的河水、开满了花朵的土豆地、被麻雀包围的旧窑厂、秋日雨后出现的像繁星一样多的蘑菇、在雪地上飞驰的雪橇、千年不遇的日全食等等，我对它们是怀有热爱之情的，它们进入我的小说，会使我在写作时洋溢着一股充沛的激情。我甚至觉得，这些风景比人物更有感情和光彩，它们出现在我的笔端，仿佛不是一个个汉字在次第呈现，而是一群在大森林中歌唱的夜莺。它们本身就是艺术。

在这样一片充满了灵性的土地上，神话和传说几乎到处都是。我喜欢神话和传说，因为它们就是艺术的温床。相反，那些事实性的事物和已成定论的自然法则却因为冰冷的面孔而令人望而生畏。神话和传说喜欢以两种方式存在。一种类似地下的矿藏，我们看不见摸不着，但能嗅到它的气息，这样的传说有待挖掘。还有一种类似空中的浮云，能望得见，但它行踪飘忽，你只能仰望而无法将其纳入掌中。神话和传说是最绚丽的艺术灵光，它们闪闪烁烁地游荡在漫无边际的时空中。而且，它们喜欢寻找妖娆的自然景观作为诞生地，所以人世间流传最多的是关于大海和森林的神话。

对我来讲，神话是伴着幽幽的炉火蓬勃出现的。在漫长的冬季里，每逢夜晚来临的时候，大人们就会围聚在炉火旁讲故事，这时我就会安静地坐在其中听故事。老人们讲的故事，与鬼怪是分不开的。我常常听得头皮发麻，恐惧得不得了。因为那故事中的人死后还会回来喝水，还会悄悄地在菜园中帮助亲人铲草。有的时候听着听着，火炉中劈柴燃烧的响声就会把我吓得浑身悚然一抖，觉得被烛光映照的墙面上鬼影憧憧。这种时刻，你觉得心都不是自己的了，它不知跳到哪里去了。当然，也有温暖的童话在老人们的口中流传着，比如画中的美女每天在一个固定的时刻下来给穷人家做饭，比如一个无儿无女的善良的农民在切一个大倭瓜的时候，竟然切出了一个活蹦乱跳的胖娃娃，这孩子长大成人后出家当了和尚，成为一代高僧。这些神话和传说是我所受到的最早的文学熏陶，它们生动、传神、洗练，充满了对人世间生死情爱的观照，具有悲天悯人的情怀。

也许是因为神话的滋养，我记忆中的房屋、牛栏、猪舍、菜园、坟茔、山川河流、日月星辰等等，它们无一不沾染了神话的色彩和气韵，我笔下的人物也无法逃脱它们的笼罩。我所理解的活生生的人，不是庸常所指的按现实规律生活的人，而是被神灵之光包围的人，那是一群有个性和光彩的人。他们也许会有种种的缺陷，但他们忠实于自己的内心生活，从人性的意义上来讲，只有他们才值得永久地抒写。

尽管我如此热衷于神话和传说，但我也迫切感觉到它们正日渐委顿和失传。因为生活正变得越来越疲沓、琐碎、庸碌和公式化。人的想象力也相对变得老化和平淡。所以现在尽管有故事生动的作品不停地被人叫好，但我读后总是有一种难言的失望，因为我看不到一部真正的优秀作品所应散发出的精神光辉。

还有梦境。也许是我童年生活的环境与大自然紧紧相拥的缘故吧，我特别喜欢做一些色彩斑斓的梦。在梦境里，与我相伴的不是人，而是动物和植物。白日里所企盼的一朵花没开，它在夜里却开得汪洋恣肆、如火如荼。我所到过的一处河湾，它在现实中是浅蓝色的，可在梦里却焕发出彩虹一样的妖娆颜色。我在梦里还见过会发光的树，能够飞翔的鱼，狂奔的猎狗和浓云密布的天空。有时也梦见人，这些人多半是已经作古，我们称之为"鬼"的，他们与我娓娓讲述着生活的故事，一如他们活着。我常想，一个人的一生有一半是在睡眠中度过的，假如你活了八十岁，有四十年是在做梦，究竟哪一种生活和画面更是真实的人生呢？梦境里的流水和夕阳总是带有某种伤感的意味，梦里的动物有的凶猛，有的则温情脉脉，这些感受，都与现实的人际交往相差无几。有时我想，梦境也是一种现实，这种现实以风景人物为依托，是一种拟人化的现实，人世间所有的哲理其实都应该产生自它们之中。我们没有理由轻视它们，把它们视为虚无。要知道，在梦境中，梦境的情、景、事是现实，而孕育梦境的我们则是一具躯壳，是真正的虚无。而且，梦境的语言具有永恒性，只要你有呼吸、有思维，它就无休止地出现，给人带来无穷无尽的联想。它们就像盛宴上酒杯被碰撞后所发出的清脆温暖的响声一样，令人回味无穷。

我对文学和人生的思考，与我的故乡、与我的童年、与我所热爱的大自然是紧密相连的。对这些所知所识的事物的认识，有的时候是忧伤的，有的时候则是快乐的。我希望能够从一些简单的事物中看出深刻来，同时又能够把一些貌似深刻的事物给看破。这样的话，无论是生活还是文学，我都能够保持一股率真之气、自由之气。

当我童年在故乡北极村生活的时候，因为不知道"山外有山、天外有天"，我认定世界就北极村这么大。当我成年以后到过了许多地方，见到了更多的人和更绚丽的风景之后，我回过头来一想，世界其实还是那么大，它只是一个小小的北极村。

灯影下的大自然

　　我在写作的最初三年里，一直没有属于自己的一张写字台。那时我在师范专科学校读书，大多的时间是在教室的书桌上练笔。回到宿舍后如果偶有所感，就会屈腿半倚着床头，将纸放在膝头来任笔纵横。到了寒暑假，回到家里后，住在后菜园的我的房间里，有两面窗口都可以望到菜地和缤纷的花圃。向东的窗前摆着一台缝纫机，上面苫着针织的白帘，那便是我最能够倾诉心曲的地方。搬一只方凳，坐在缝纫机前，看着窗外的景色，心中安恬自适，写作的欲望就很强烈。虽然那时父母对我迷恋写作不以为然，私下里认为写不出什么名堂，但他们从未当面给我泼过冷水。每当我写作关上门时，他们也就不轻易进门走动。若是到了夏季，我在写作抬头的一瞬不仅能看到迎风摇曳的波斯菊，还能够看见蜜蜂和蝴蝶在花间翻飞。有时候蝴蝶还飞进窗口，在我的鬓角流连徘徊。而到了冬季，窗外永远都是莹莹白雪，有时会看到山雀在雪地上蹦蹦跳跳着。

待我参加工作后回到大兴安岭师范专科学校，才有了一张真正属于自己的写字台。我在那上面写作、备课、吃饭，桌上放着一盏长长的颈子、浑圆的脑袋的橘黄色台灯，侧影一看极像一架被复原了的恐龙支架。入夜时将灯"啪"地打开，一束柔和的光就投映在白纸上，使人陡然萌生出创作激情。

从那以后我一直喜欢在台灯下写作。台灯投向创作者的天地是明亮而忧伤的。它的方寸看似狭窄，而意象却十分广阔。我比较满意的作品如《原始风景》《北国一片苍茫》《树下》等等都是灯下的产物。我不喜欢强烈的阳光，因为它瓦解我的想象力，使人的审美感觉趋于麻木。在阳光明亮的书桌前，我很难集中精力进入创作。而在月光下，我的心情却相对宁静得多。可惜人又不能借着月光来写作。这种时候，台灯是无可比拟的最能打通我心灵的光束。

夜阑人静之时，台灯打开了，我对大自然的那股刻骨铭心之爱就油然而生。在这种时候，笔下的晚霞会变得比现实更为绚烂，笔下的山川河流会不由自主地充满灵性，而生活于大自然中的一切生物也变得无与伦比的优雅。在这种时刻，怀想情绪自始至终在心中萦绕，浓浓的伤感情绪漫卷着。我觉得笔下的山川草木和人物渐渐活了起来，他们在灯影下幽幽闪动，他们亲切地对话，他们像一幅幅素描一样朴实亲切地出现在我眼前。

我至今仍未用电脑写作，因为我喜欢看自己的字在白纸上涌动。从字是可以看出一个人的气质和性格的。我上中学时写字就爱冲出格子，笔画粗劲，不拘一格，这常常使我的语文试卷成绩最高分未冲出"98"分，另外两分总是因为字迹潦草而被扣除。当我做了老师后，面对黑板写字时就相对规范了一些，但是字体仍然粗粝，用粉笔用得费。但学生们喜欢，因为其他老师轻飘飘的字迹很费他们的眼神，而我的字每一笔都很重，虽然不秀丽，但格外清楚。

我一直用碳素墨水来写作，虽然纯蓝墨水也很好看，但我觉得它缺乏力量。而且蓝色与白色的对比永远比不上黑色与白色更为醒目。柔和的光束、洁白的稿纸、浓黑的墨迹，这三者充满生气地构建着我的创作。我不知道有一天用电脑写作后，我的思绪是否仍会如潮翻涌？我想那种千篇一律的规范字体也许会败坏我的创作欲，所以将来若买了电脑，只想用它来抄稿，而大多用电脑写作的朋友都说：到时候，你就会运用自如地直接用它来写稿了。

谁知道呢。

一九八三年我刚写作时才十九岁，第一次见到自己的作品变成铅字的那种快乐已经不再有了。写作对一个人的耗蚀程度从他的脸色上便能一眼望穿。我十八九岁时双颊绯红，眼神活泼，做任何事都不觉得累。十几年写下来，面色苍白了，身体消瘦了，做事常常觉得力不从心。不过我一向认为人沉浸在创作中是一件快事，如果什么时候我拿笔时觉得万分滞涩，我将放下笔来。虽然我也勤奋，但我不是那种能为写作呕心沥血、献出一切的人，因为我觉得生活更为重要。如果把自己写死了，写作又有什么意义呢？这些想法不时地渗透我目前的创作：浪漫情怀少了，朴实自然的成分增多了；无谓的形容词减少了，白描的语言增多了。一颗平常心对一个作家来说太重要了，于是就有了《逝川》《亲亲土豆》《岸上的美奴》这样的作品。

我现在的居室里有一张漆黑的大写字台，背对窗户。毕淑敏曾在一篇文章里称它为"可同我过去认识的一位拥有上亿资财的女强人的老板台媲美"。不过我并未拥有上亿资财，可见它并不是财富的象征。我在俯身写作的时候，常常能在它上面发现自己的头部投影。我的肖像映在其中，这大约便是这写字台对于我的全部意义了。

时远时近的光

　　一个昏暗而寒冷的春日午后，我在古城西安扶风县的法门寺地宫，见到了释迦牟尼佛祖的真身舍利。

　　那天游人很少，地宫里凉气森森，供奉着佛祖圣骨的佛坛上摆满鲜花，小和尚手持法器，神态宁静地护持在一旁。我在心中默念佛号，一遍遍地叩拜着，听着时起时落的钟声，觉得时光在倒流，心中有一种苍凉而又喜悦的感觉。

　　舍利是物质的，也是精神的。我们看到的舍利骨质透明、光滑如玉，就像是由阳光和月光凝结而成的。把俗人故去后那粗糙而疏松的白骨与这无比灿烂的舍利两相比较，你会在心中由衷地慨叹：真是佛法无边啊！

　　我觉得文字是物质的，而透过文字所表现出的艺术气息却是精神的。艺术所需要的正是精神上的涅槃。那枚世界仅存的佛祖圣骨，它在某种意义上就是宇宙的一个体现。它无始无终，无穷无尽。当你的心与它无比接近的时候，你会看到它泛出的耀眼的白光，它照亮了我们那颗为着寻常生活奔波而逐渐麻木和灰暗的心。我想这种闪烁的白光与艺术的想象力是一样的。伟大的想象力，总是能把我们带到艺术的彼岸，看到不寻常的圣境。我知道自己距离这样的圣境还十分遥远，好在我已经在路上，可以为着这个目标而全力以赴。

　　《花瓣饭》写了"文革"，我描写的是一种日常生活，孩子眼中对政治的那种无知，因无知而消解的那种苦难。它是苦涩的，同时又是温馨的。我特别渴望着能把大题材用最日常的民间的立场表达出来，我不知道《花瓣饭》做得是否成功，但我确实努力过了。我只知道，我每写完一部作品，激动很快就会过去，不满足感使我更寄希望于下一部作品，也许这正是一个"在路上"的人的心态。有的时候你在路上看到了前方出现一束绚丽的光，你以为很快就能接近它，可是当你走了漫长的一段路后，发现它与你还相距遥远。它那时远时近的姿态，也正是这光芒的魅力所在。

寒凉中的《解冻》

　　短篇小说像闪电，平素隐匿在天庭深处，一旦乌云积聚，人间的黑暗和沉闷达到了一定程度，它就会腾空而起，撕裂乌云，涤荡阴霾，让光明重现。这也就是为什么，人们读好的短篇，会有如沐喜雨的感觉。

　　《解冻》的故事源自我母亲的一个讲述，说是"文革"结束后，父亲平反，回到学校做校长。有一天，突然接到地级教育部门的紧急通知，让他和县里的另外三名教育界人士，赶赴五百里外的地区开会。通知没说开什么会，也没说会期。因为"文革"的遭遇，父亲分析他可能到了那儿以后，又要去"五七干校"之类的地方，所以母亲把他的这次出行，看作是诀别。给他备了一个大旅行箱，带了很多日常生活用品，像牙膏肥皂手电筒之类，揣上了家里仅有的钱，以备不时之需。结果几天之后，父亲欢天喜地地回来了，他去地区教育局，不过是看了两部内部电影，母亲说她只记得其中一部是《山本五十六》。母亲用玩笑的口吻讲述这个故事时，我的心却有一股说不出的痛楚！我依稀记得，父亲有一次从地区开会回来，给我们买了不少礼物。母亲说："就是那次，这个败家子，把带的钱全都花了，有用没用的都买！"她说父亲那次回来，给她买了件白色的确良衬衫。

许多年后，母亲把它当成喜剧故事重提，我听时也在笑着，可心底涌起的却是挥之不去的悲凉之情，于是把它写成了短篇小说《解冻》。

我多么希望父亲能看到他的小女儿演绎的这个他亲历的故事，可惜他已经离开这个世界二十多年了。不知父亲现在的那个世界，是否仍跟我们身处的世界一样地寒凉。

屠宰之歌

东北腊月的时候，是忙年的时候。忙年的时候，也就是屠宰的时候。

人们为着祭灶，为着除夕夜餐桌上的美味佳肴，将屠刀伸向鸡鸭，伸向牛羊，伸向猪。在这些家禽家畜中，最广泛被屠宰着的，就是猪了。

我养过猪，也多次目睹过宰猪的情景，所以对屠宰的场面是不陌生的。不过童年时我见过的屠夫不像我在小说中所描述的那样有着不同的坎坷经历和辛酸的生活遭遇，那时的屠夫看上去是温和的，温和得让你怀疑他根本就没有心事，我看见的通常是他们酒足饭饱后那张油光光的满足的脸。

　　时间过得飞快，转眼之间，童年所经历的那种乡村的屠宰生活已离我远去了。我来到了城市，已经嗅不到那种隐含着暖融融的生活气息的血腥味了。

　　有一年的某一天，我在哈尔滨看电视新闻，看到政府正在打击私屠滥宰生猪的现象。那是哈尔滨郊区的某一间黑暗的民房，画面是触目惊心的，肮脏的涌流着污水的地面，被摆放在屠宰台上的注水后扬着四蹄的猪，垂立在一旁的面容凄惶的屠夫，这令人作呕的场景使我蓦然想起了童年所看到的屠宰场所，那腊月的白雪，那流在白雪上的红梅般的猪血，与我眼前所见到的情景是那么的大相径庭！

　　这两种画面的对比使我一直有一种创作的冲动。于是一个怀有浪漫情怀的乡村姑娘翁史美闯入了这个画面。我为她设计了一个舞台，那就是零作坊。那些形形色色的屠夫不过是为她伴唱的配角。在这里，有美妙的廊柱，有充满了艺术韵味的陶器的碎片，有开阔的庄稼地和荒草萋萋的坟场。这群生活在城市的"边缘人"不乏热情和坦诚，他们的"不法"行为是有着深刻的背景的——那就是他们所经历的生活的痛。"痛"可以使人在一种特定的环境忘掉自尊和廉耻，从而使人性"恶"的一面悄然浮现。不过，当生活又发生变化时，人性的善又会高傲地抬头。

　　我其实是写了一个乡村女人的悲剧。翁史美的悲剧源头在于她对生活的不妥协，也可以说在于她对爱情的幻想和她生就的浪漫情怀。他们在零作坊屠宰猪的时候，其实生活也伸出了无数把看不见的屠刀，在不动声色地屠宰着他们。屠宰着翁史美的，是她对陈旧婚姻的反抗，是她对新生活的渴望，是她对爱情的那种天真的幻想，是她不肯循规蹈矩过日子的那颗情感丰富的心。不想随波逐流的人，注定是生活中活得最痛苦的人，同时，也是活得比较光华灿烂的人。相反，那些生来就能与生活达成和谐的人是幸福的。但那是平庸的人生。我觉得一个作家提供给读者的，应该是带着冲突的人生。因为我们对这个世界所知甚少，我们没有理由不对它发出疑问。所以我搭建了零作坊这座舞台，让一个女人和几名屠夫登台表演。

你在第几地

第一次听到"第三地"这个词,是七八年以前的事情了。

随着社会生活的变化,一些新名词悄然出现。它们就像沙滩上那些熠熠闪光的海螺,不由得你不为之侧目、驻足甚至是拾取。

这些海螺原本是待在深深的、寂静的海中的,是什么样的力量把它们冲上岸的?是激烈的风暴、涌流的潮汐,还是人类撒向它们的一张张巨网?

写作《第三地晚餐》,其实也就是追踪和探询"第三地"这枚海螺上岸的缘由。如果没有外力的作用,它是不可能飞上岸的。

这部中篇的准备，已经很久了。篇名也是早就拟好的：《第三地：谁来为你做晚餐？》。后来考虑到题目的名字太长，才把它改为《第三地晚餐》。不过拿到新出刊的《当代》后，我立刻就后悔了，觉得自己把一个诗意的名字葬送了。

我是在完成了《额尔古纳河右岸》这部长篇后开始了它的写作的。当时刚好赴美三个月，我给自己订的写作计划就是这部"第三地"。我想如果顺利的话，按我的中篇写作经验，一个月总也会完成了。

爱荷华是个小城，只有六七万的人口，风景优美。我住在靠近河边的一座红楼里。由于住在二楼，夜晚能听见流水之音，清晨则常常被野鸭的叫声给扰醒。初到时正是夏末初秋的时令，草地还碧绿着。在适应了十几天后，我开始了《第三地晚餐》的写作。尽管写作的进入是顺畅的，但进程很慢。客观上是因为时常有各类活动会打断它，比如参加一些文学话题讨论、外出参观等等；主观上是因为我远离了故土，或者是因为我触碰的是一种于我来讲有写作难度的题材。但不管怎么说，这部中篇在静悄悄地进展着，这些年对于都市生活的情感积累和认知也在悄悄转换为文字。我曾目睹的夏日正午时垂头站在街巷中的毛驴、郊区的宰羊人以及发生在朋友们身上的一些关于"第三地"的故事，就这样出现了。

每天黄昏，我喜欢沿着爱荷华河散步。这个时刻，夕阳往往把河水染得一派嫣红。河畔草地上的松鼠和野兔常常蹦跳着从身边跑过，好像它们也忙活了一天，在悠闲地散步。这个时刻，作品中的人物特别容易进入脑海，他们在里面翻腾着，与我交谈着，好像我的伙伴。他们有的安于我对他们命运的安排，有的却是不屈地反抗着。所以，往往是散步回来，我会把白天所写的个别内容推翻重来，这在我以往的写作中是从未有过的。

完成了《第三地晚餐》，已是爱荷华的深秋了。河岸的树多半脱落了叶子。那落叶有红有黄：红的脱胎于枫树，黄的诞生于银杏树。我在完稿的那天下午带着一瓶红酒，步行去山上的聂华苓老师家。也许是因为完稿了的缘故，远远地看见她家山上的红楼，有一种异常亲切又异常伤感的感觉。小说其实也是个活物，一旦完成，就意味着告别。华苓老师听说我写完了这篇小说，非常高兴，她指着我又笑又叫着说："你这个家伙，吃也吃了，喝也喝了，玩也玩了，写也写了！"我们拿来杯子，把那一瓶酒都喝了。在喝酒的时候，窗外山坡上有几只野鹿陆续走过。它们有的停下来，吃上几口华苓老师撒在那里的食物，有的则一跳一跳地在接近房屋时又跑开了。此情此景，恍如童话，令人难忘。

归国后，我用了大约一个月的时间修改它，所花的精力抵得上写一部新作品了。虽然小说是那样一种结尾，但我知道生活远远没有那么简单。那样写，其实是想表达人在社会生活中情感所遇到的尴尬和无奈。我明白，有一种"第三地"，它存在于我们的心灵中，这种"第三地"，比身置的"第三地"还重要。它可能毁灭一个人，但不可否认的是，在这个苍凉的时世中，它也会给人以温暖。

《第三地晚餐》出来后，不断有朋友在电话中用玩笑的口吻问：你在第几地？是啊，我们确实应该问问自己：你的身和你的心在第几地？

关于《起舞》

一九八六年，我发表中篇小说《北极村童话》的那一年，冬天的时候，从大兴安岭出发，到哈尔滨参加一个文学活动。平安夜的那天，几个年轻的朋友相约着，到东大直街的基督堂去过圣诞节。

我们都不是教徒，进了教堂，不会对着圣像画十字，每个人领了一份圣餐，在祷告席的最后面，看宗教的仪式。那座教堂烛光点点，气氛庄严。午夜时分，随着管风琴乐声的响起，平安夜的庆典开始了。唱诗班的姑娘们穿着洁白的礼服，缓缓地从门外走来。她们经过祷告席，在圣像下站定，高唱着赞美诗。那晚，主教的出场并没有给我留下太深的印象，留在我记忆中的，是烛光、管风琴声、高唱赞美诗的姑娘们，以及钟声。当然，从教堂出来后，哈尔滨暗夜中的漫天飞雪，也深深地占据着我的记忆。

一九九〇年，我调到哈尔滨工作。我最初的住房，离一座有百年历史的天主堂很近。圣诞节的时候，我常到教堂去，为的是听赞美诗，听钟声。在每年的岁尾，能经受这样一次"洗礼"，心里会有一种安宁感和喜悦感。

初来哈尔滨，我谈不上"爱"。我不喜欢高楼大厦，不喜欢蜂拥的人潮和城市的噪音。每年之中，有三分之一的时间，我仍是在故乡度过的。大约是七八年前的一个深秋吧，我从南方参加一个笔会回来，由于飞机延误，到达哈尔滨时，已经是晚上九点多了。在回城的高速公路上，透过车窗，看着依稀的灯影下那一排排脱尽了落叶的肃穆的白杨树，我的心底忽然涌起了一股暖流。当你被姹紫嫣红包围着，突然回到清寂的环境中时，你会觉得清寂也是一种美。我对哈尔滨的"亲"，就始于那个瞬间。从那以后，我渐渐喜欢上了这座四季分明的城市，悄悄地打量和欣赏着它。

哈尔滨的教堂很多，它们大都是中东铁路开通后兴建的。这座城市，由于毗邻俄罗斯，与它们有着割不断的情缘。二十世纪二三十年代，在哈尔滨做生意的俄侨很多，一些大商铺，如秋林公司，都是由他们创办的。东北的光复，也与苏联红军有关。新中国成立后的五十年代，苏联专家来哈尔滨进行过重点工程的援建。在这座城市，你走在街头，常常会遇见有着俄罗斯血统的混血儿。我每天黄昏散步的时候，往往会在不经意间，走过当年的中东铁路俱乐部、苏联专家楼等。我知道，那些老房子里，埋藏着很多的故事。

我读了关于哈尔滨历史的一些资料，知道苏联专家在这儿援建时，我们的政府常常会在周末，为他们举办舞会。那时候为苏联专家伴舞的人，往往是工厂里的漂亮女工。于是，一个起舞的女人的身影就在我眼前悄然浮现了。齐如云浪漫而坚韧的舞姿，吸引了丢丢——新时代的起舞者。我最想写的，就是这两代"舞者"。当然，她们的背后，是历史的风云，是她们与男人的爱恨情仇。在写作的时候，我的脑海中，常常会浮现出教堂的影子；而我的耳畔，弥散着的则是圣诞的钟声。俄罗斯这个民族，似乎与奔放而忧伤的旋律是分不开的，所以，当我的笔触伸向罗琴科娃，伸向这个在苏联解体后来到哈尔滨谋生的女孩时，很自然地就让她带来了一把具有这种音色的小提琴。

半个月前，我在俄罗斯的圣彼得堡。离开的那天，阴雨蒙蒙。游涅瓦河的时候，船过一个拱形石桥，我看见桥头站着一个穿着灰衣服的高个子老人。他白发苍苍，没有打伞，痴痴地望着河水，似在寻觅和追忆着什么。那个时刻，我突然想起了

《起舞》中与齐如云跳舞的苏联专家。他是谁？我很想知道。可我并不知道，虽然我塑造了他。那个瞬间，这个虚构的人物，在我心中突然活了起来。我猜想他对齐如云的爱有多深，可是越想越恍惚。因为爱，无论在现实还是虚构中，都是说不清楚的。

锁在深处的蜜

　　大兴安岭与内蒙古接壤，草原、牛羊、牧人的歌声，对我来讲，都是邻家的风景，并不陌生。

　　三年前，为了搜集长篇小说《额尔古纳河右岸》的素材，我来到了内蒙古。从海拉尔，经达赉湖，至边境的满洲里后向回转，横穿呼伦贝尔大草原，到根河。那是八月，草色已不鲜润了，但广阔的草原和草原上的牛羊，还是让人无比陶醉。天空离大地很近的样子，所以飘拂着的白云，总让人疑心它们要掉下来似的。中途歇脚的时候，我在牧民的毡房里喝奶茶，吃手抓羊肉，听他们谈笑，心底渐渐泛起依恋之情，真想把客栈当作家，长住下来。然而，我于草原，不过是个匆匆过客。

我在写作疲惫时，喜欢回忆走过的大自然。呼伦贝尔草原上的风景，就是在这样的时刻，悄悄浮现在我脑海中的。它们初始时是雾气，但随着时光的流逝，它们生长起来了，由轻雾转为浓云，终于，有一天，我想象的世界电闪雷鸣的，我看见了草原，听到了牧歌，一个骑马的蒙古人出现了，中秋节的月亮出来了。就这样，几年前的记忆被唤醒，草原从我的笔端流淌出来了。

如果问我最爱《草原》中的哪个人，我会说：阿荣吉的老婆子！我喜欢这个恋酒的、隐忍的、放牧着羊群的、年年夏天去阿尔泰家牧场唱歌的女人。人生的苦难有多少种，爱情大概就有多少种。在我眼里，她和阿尔泰之间，是发生了伟大的爱情的。这种失意的、辛酸的爱情，内里洋溢的却是质朴、温暖的气息，我喜欢这气息。常有批评家善意地提醒我，对温暖的表达要节制，可在我眼里，对"恶"和"残忍"的表达要节制，而对温暖，是不需要节制的。因为从某种意义来讲，温暖代表着宗教的精神啊。有很多人误解了"温暖"，以为它的背后，是简单的"诗情画意"，其实不然。真正的温暖，是从苍凉和苦难中生成的！能在浮华的人世间，拾取这一脉温暖，让我觉得生命还是灿烂的。

一百四十多年前，达尔文看到一株来自热带雨林的兰花，发现它的花蜜藏在花茎下约十二英寸的地方，于是预言将有一只有着同等长度舌头的巨蛾，生长在热带雨林，当时很多生物学家认为他这是"疯狂的想法"。可是一百多年后，在热带雨林，野外考察的科学家发现了巨蛾！通过电视，我看到了摄像机拍到的那个动人的瞬间：一株兰花，在热带雨林的夜晚安闲地开放着。忽然，一只巨蛾，飘飘洒洒地朝兰花飞来。它落到兰花上，将那柔软的、长长的舌头，一点一点地蓄进花蕊，随着那针似的舌头渐渐地探到花蕊深处，我的心狂跳着，因为我知道，巨蛾就要吮到花蜜了！那锁在深处的蜜，只为一种生灵而生，这样的花蜜，带着股拒世的傲气，让人感动。其实只要是花蜜，不管它藏得多么深，总会有与之相配的生灵发现它。从这个角度来说，任何的写作者，都是幸福的。因为这世上，真正的"酿造"，是不会被埋没和尘封的。

时间之河的玫瑰

　　《晚安玫瑰》是我所写的用时最长、篇幅也最长的一部中篇。

　　算起来，我在哈尔滨生活已有二十多年了。初来这里，我就像一个水土不服的人，非常不适应，因为这不是我生长的故土。那冰冷的楼群，嘀嘀的汽车喇叭声，闪烁的霓虹灯，蜂拥的人潮，像团团乌云，堵在我心头。

　　对它的渐渐喜欢，很奇怪地，竟始于一次外出归来。十多年前吧，深秋时节，我从外地出差回到哈尔滨。下了飞机，乘车回城路上，看着熟悉的北方原野，看着路两侧挺直的白杨，那股温暖而苍凉的清秋之气，刹那间感动了我——这就是我生活了多年的城市啊，它的美一直存在，只不过我与它隔膜多年，没能感受到它的律动！

我开始在情感上融入这座城市，也开始用笔描绘它。从《起舞》到《黄鸡白酒》，从《白雪乌鸦》再到《晚安玫瑰》，我小说的故事背景，都是哈尔滨这座舞台。

这是座国际大舞台，尤其在二十世纪初。中东铁路贯通后，哈尔滨商铺林立，文化繁荣，包容性强，吸引了大批外国人。在外来人中，有一个特殊的群体，就是流亡到哈尔滨的犹太人。

《晚安玫瑰》写的就是流亡到哈尔滨的犹太后裔的故事。

引出这个故事的，是赵小娥，一个租房客。而她的房东，就是犹太后裔吉莲娜。

吉莲娜和赵小娥，虽然经历不同，信仰不同，但她们是一根藤上的瓜。

在我眼里，吉莲娜是一个凄美的人物。她有弑父的行为，但她用一生的忏悔，洗清了自己，我相信如果有上帝，上帝也饶恕了她，因为她弑父是有着深刻的历史背景的。当爱情的曙光出现后，吉莲娜选择了珍藏——她也别无选择吧。但这缕爱的曙光，照亮了吉莲娜的余生。

内心最为挣扎的还是赵小娥。犹太人本身的离散命运，是整个民族的命运，吉莲娜作为犹太后裔，她好像是一曲悲歌里面的一个音符，悲伤，但也有个人的美好，再加上她有宗教信仰，有深沉的爱，人生的沟壑，对她来说，都不会成为深渊。赵小娥则不一样。有朋友告诉我，从网上浏览的读后感来看，很多读者更喜欢赵小娥，我想这是因为赵小娥打动了大多数年轻人的心。这个出身寒微的大学毕业生，工作的收入仅够维持生活，没房，自身条件不好，又曾有那么一段屈辱的身世，一个强奸犯的女儿，她的灵魂从来就没有安宁过。所以当她终于确认强奸她母亲的人是谁时，她把所有的不平都归咎于私生女的身份上，有了弑父的行为。其实她不幸的根源，更多源自社会，而不是她的出身。而她的弑父，与吉莲娜不同，当赵小娥想除掉身为强奸犯的生父时，在松花江的夜色中，那个罪人，用他的父爱，摧毁了她的计划。他在自沉的同时，也让赵小娥落入了深渊。

没人看见深渊中的赵小娥，这样的人在这个时代并不少见，但这个时代的"盲人"太多，或者说是只看见自己的人太多，很少有人看见深渊中的人。

但吉莲娜看见她了，并向赵小娥伸出了手。她不知道，凭着一双衰老的手，能否救起一个伤痕累累的女孩。

《晚安玫瑰》故事发生的场景，我都走过。记得我去犹太老会堂时，是一个冬日的午后。一楼那个状如香蕉的小餐厅里，一个客人都没有，只有两只小猫，在一只旧沙发上，相依相偎着，慵懒地睡着。这个场景深深震撼了我。所以，小说结尾，赵小娥发疯的那一刻，她在呐喊之时，我让这样两只温柔的猫，做了她的听众。

哈尔滨那些有着穹顶的教堂，我都一一朝拜过。这些带着鲜明的二十世纪城市生活的印记的教堂，是被遗忘的时钟。虽然它不再行走了，依然满怀时间。在隐秘的时间之河中，我看到了玫瑰，有的凋零，有的绽放——如同我们的生活，如同我们的艺术——残缺中呈现着美好，衰败中透露着芬芳！

感谢亲爱的读者朋友，感谢《小说月报》，感谢你们选择了《晚安玫瑰》这枝忧伤的玫瑰，让我在要遗忘它的时候，又看到了它闪烁的花瓣。

愿为赏花人

十八年前我以短篇《亲亲土豆》，首次与《小说月报》"百花奖"结缘。因为获奖小说篇名中有"土豆"二字，那一年我家的菜篮中，土豆便成了宠儿。

第二次获得《小说月报》"百花奖"是二〇〇三年，我失去了爱人，获奖作品是他在世时写就的《花瓣饭》，所以这朵"小花"，在我眼里呈素白色，带着人间的晨露和天堂的微光，湿漉漉的。

自第十届开始，我连续获得了五届"百花奖"，这些作品，莫不是我个人创作历程中的心仪之作。它们能与读者心意相通，能被一本自己喜欢的杂志肯定，让人感到温暖。

如果说作家的小说，是一朵朵花儿的话，那么《小说月报》就是盛花儿的篮子。这只篮子无限大，可以上天入地！它由编辑和读者巧手编织，容纳百花，博采芬芳，阳光和月光是它们的养料。这样的花篮，像永恒的春天的驿站，多年来一直陪伴我们成长。

回望我笔下生出的"花儿"，这些有幸进入"百花奖"名册的小说，姿容各异。《踏着月光的行板》像月下的一朵向日葵，它收拢着金色的心，垂着头，安然听晚风歌唱；《采浆果的人》是凡俗的土豆花，香气若有若无；《世界上所有的夜晚》无疑是经霜的菊，半是凋零半是盛开；因为在《布基兰小站的腊八夜》里，我动情塑造了神性的云娘和她的爱犬，这篇小说在我眼里宛若一簇银白的满天星；《鬼魅丹青》不用说了，它像一朵我们少女时代用来染指甲的胭粉豆花，女人们指上的美丽，是以揉碎它的心为代价的。至于《别雅山谷的父子》，由于我写了一个爱喝酒的放映员，母亲从中看出了父亲的影子，很偏爱这部小说，所以若用花来比喻它，一定就是父母共爱的一枝并蒂的马莲花。

我笔下这一朵朵小小的"花儿"，在《小说月报》的百花篮中，并不起眼。因为浏览这本刊物，你会看到有更优秀的同行，在各自的领地上，栽培出了稀世花朵，艳丽芬芳，值得我和读者仰望与回味。

　　而我作为一个"育花人"，愿意悉心培育心灵的花朵，用我的文字，去寻找爱花的人。

　　如果未来我笔端出落的花儿，姿容暗淡，无人采撷，我也会在夕阳中，做个怡然的赏花人。

心在千山外

在中国的北部边陲，也就是我的故乡大兴安岭，生活着一支以放养驯鹿为生的鄂温克人。他们住在夜晚可以看见星星的撮罗子里，食兽肉，穿兽皮。驯鹿去哪里觅食，他们就会跟着到哪里。漫漫长冬时，他们三四天就得进行一次搬迁，而夏季在一个营地至多也不过停留半个月。那里的每一道山梁都留下了他们和驯鹿的足迹。

由于自然生态的蜕化，这个部落在山林中的生活越来越艰难，驯鹿可食的苔藓逐年减少，猎物也越来越稀少。三年前，他们不得不下山定居。但他们下山后却适应不了现代生活，于是，又一批批地陆续回归山林。

去年八月，我追踪他们的足迹，来到他们生活的营地，对他们进行采访。其中一个老萨满的命运引起了我巨大的情感震荡。

萨满在这个部落里就是医生的角色。他们为人除病不是用药物，而是通过与神灵的沟通，来治疗人的疾病。不论男女，都可成为萨满。他们在成为萨满前，会表现出一些与常人不一样的举止，展现出他们的神力。比如他们可以光着脚在雪地上奔跑，而脚却不会被冻伤；他们连续十几天不吃不喝，却能精力充沛地狩猎；他们可以用舌头触碰烧得滚烫的铁块，却不会留有任何伤痕。这说明，他们身上附着神力了。他们为人治病，借助的就是这种神力。而那些被救治的，往往都是病入膏肓的人。萨满在为人治病前要披挂上神衣、神帽和神裙，还要宰杀驯鹿献祭给神灵，祈求神灵附体。这个仪式被称为"跳神"。萨满在跳神时手持神鼓，传说他们可以在舞蹈和歌唱声中让一个人起死回生。

我要说的这个萨满，已经去世了。她是这个放养驯鹿的鄂温克部落的最后一个萨满。她一生有很多孩子，可这些孩子往往在她跳神时猝死。她在第一次失去孩子的时候，就得到了神灵的谕示，那就是说她救了不该救的人，所以她的孩子将作为替代品被神灵取走，可是她并未因此而放弃治病救人。就这样，她一生救了无数的人，她多半的孩子却因此而过早地离世，可她并未因此而悔恨。我觉得她悲壮而凄美的一生深刻地体现出了人的梦想与现实的冲突。治病救人对一个萨满来讲，是她的天职，也是她的宗教。当这种天职在现实中损及她个人的爱时，她义无反顾地选择了前者——也就是"大爱"。而真正超越了污浊而残忍的现实的梦想，是人类渴望达到的圣境。这个萨满用她那颗大度、善良而又悲悯的心达到了。我觉得她就是一个伟大的作家，她一生的经历就是一部杰作。我在长篇小说《额尔古纳河右岸》中，把这个萨满的命运作为了一条主线。

我心目中的伟大作品，就是这种经过了现实千万次的"炼狱"，抵达了真正梦想之境的史诗。一个作家要有伟大的胸怀和眼光，这样才可以有非凡的想象力和洞察力。我们不可能走遍世界，但我们的心总在路上。这样你即使身居陋室，心却能在千山外。最可怕的是身体在路上，心却在牢笼中！

文学的山河

我在北极村出生，在大山里成长，十七岁第一次坐上火车，到大兴安岭师范专科学校求学。由于学校初创，隆冬才开学。我还记得夜半时分，我在塔河站，登上了一列绿皮火车。由于座位临窗，这让我觉得自己靠近了一盏灯，好像光明的世界就在眼前。车行不久，我不顾黑夜正拉着沉沉的脸，用指甲刮开蒙在玻璃窗上的霜雪，透过一个圆孔，去看窗外。没有月亮的晚上，山是黑的，雪也是黑的。黑的夜让人觉得火车像一支毛笔，游动在墨里。偶有昏黄的灯光闪过，那是火车停靠在某个小站了。到了目的地加格达奇，天还未亮，我们这些新生，被校方接到一辆大卡车上，向城外驶去。站在敞篷卡车上，冷风在耳边呼呼吹，我和天上的星星一样瑟瑟发抖，对新学校隐隐失望。因为我渴望着走出大山，可卡车最终还是停在了山里——广阔的大兴安岭啊。

我学的是中文专业，课业宽松，有充裕的时间泡图书馆，那期间我读了大量文学作品，开始尝试写作。中篇《北极村童话》，就是我师专毕业之际，利用晚自习时间，在课桌上写就的。我在小说里动情地回忆童年，那里有亲人和乡邻，有菜园和狗，有雪地和炉火，更有我熟悉的江河和山峦。当然，也有欢欣、眼泪和叹息。山和河，从一开始，就天然地进入了我的文学世界，与我的人物同呼吸。

三十年来，以山河为背景的中短篇小说，我不知写了多少，它们是我生命的底色，也是我作品的底色。在我的长篇中，以河流命名的就有《额尔古纳河右岸》。尽管这部作品距今已十年了，可我回望时，依然能听见它静静的流水声。而新近出版的《群山之巅》，我并未想着以山来命名，可山还是浑然无觉地镶嵌在标题中了。

大兴安岭没有很高的山，也没有很低的，它们连绵在一起，起起伏伏，却有了气势。这样的山势，也影响了我的文学理念。在我眼里，不管多么卑微的人物，都是群山的一部分，自有巍峨。所以，《群山之巅》出场的人物，各据山头，是别人的配角，却又是自己的主角。这些凡尘中人，在动荡的历史和复杂的社会生活中，双足陷入恶之河，可又向往岸上纯美的人性花朵，想努力活出人的样子，于是如废墟上的蝴蝶一样，挣扎着翻飞着。李素贞的自我"认罪"，唐眉的"忏悔"，辛七杂面对父亲骨灰中的弹片而发自内心的呼喊，都是被太阳火一样的人性之光刺痛后，所流下的"热泪"。写出他们的热泪，对于一个作家来说，就是与人性的雨露相逢。

虽说《群山之巅》没有绝对的主角，但有些人物，还是近山，我们能一眼望见的，比如辛家和安家三代人；而有些人物，是远山，比如日本女人秋山爱子。用极淡的笔墨画远山很难，因为它们往往与云相接，容易画得缥缈，也容易被读者忽视了。而没有远山的映衬，近山就缺乏层次感了。

如果说《群山之巅》的人物，是一座连着一座的山，那么我用笔在两年的时光里，走过他们。当然，他们也怀揣着各自不同的伤残的心，走过我。再美的风景，走过就不应流连，因为文学的山河，气象万千。而未来我可勾勒的风景，还在撞击我的心，尽可以弥补我在过往的画中，所留下的遗憾。

在回顾《群山之巅》的写作历程时，我想起了三十多年前离开龙盏镇那样的小镇，第一次乘火车夜行的情景。世界的霜雪，依然厚厚地蒙在人生的玻璃窗上，尽管我已年过五十，但仍然像十七岁时一样，热衷于用指甲刮开霜雪，去看外面的世界。不同的是，我手中握着一支沧桑的笔了。这支笔有山河滋养，有一颗对文学不倦的心作为依托，该是不会枯竭的了吧。

每个故事

都有

回忆 _____

如果心灵能生出歌声，
我愿它飞越万水千山！

我的第一本书

一九八五年，我在《北方文学》发表了短篇小说《沉睡的大固其固》，引起了著名评论家曾镇南先生的注意，他在一篇论及黑龙江小说创作的文章中，对此作赞赏有加。同年，这篇小说被《小说选刊》转载。一九八六年三月，我又在《人民文学》发表了中篇《北极村童话》，一些期刊的编辑，由此注意到了一个在北部边地写作的年轻人，开始向我约稿。在不到两年的时间，我发表了一系列作品：《青年文学》上的《北国一片苍茫》，新创刊的《中国》杂志上的《初春大迁徙》，《山西文学》上的《鱼骨》，《北方文学》上的《葫芦街头唱晚》等。

对于一个无名作者来说，能够在刊物上发表作品，已经很知足了，我从来没敢奢望过出书。大约是一九八八年吧，曾镇南先生对我说，作家出版社有一套"文学新星丛书"，是专为没有出过书的新锐作者设置的，他推荐了我的作品，希望我的书能够被纳入这个书系。很快，出版社通知我编辑作品，做出书的准备。就这样，我选择了两部中篇、十一个短篇，把它们交给了责编张水舟先生。

按照这套书的体例，必须有序、作者小传和一幅作者的漫画像。曾镇南先生比较熟悉我的作品，"序"自然由他来作了。他在肯定我作品的同时，也提出了中肯的批评和建议，比如"一个真正洞察人间烟火的作家，是不能回避对现实关系、对社会冲突的认识和艺术掌握的。这一方面，迟子建还显得稚嫩了一些"。这段话，二十年后来看，对我和文坛，仍具有警示作用。

编辑作品的那一年，我正在北京鲁迅文学院学习。那个时期，美国著名汉学家葛浩文先生，刚好在黑龙江大学做外教，他是个萧红迷。他从王观泉、鲁秀珍老师那儿，了解到我的作品，选中了《葫芦街头唱晚》，翻译成英文，刊登在香港的《文星》杂志上。所以，我作品最早的译者，是如今声名日隆的葛浩文先生。这一年的初夏，他来北京讲学，得以相见。有一天，他突然打电话问我，喜不喜欢鲁迅的作品，我说当然。他很高兴，神秘地对我说，那我带你去看鲁迅。我们来到三里屯，敲开了一座旧楼中的一个单元门。原来，他带我拜望的，是著名画家裘沙和王伟君夫妇，他们以为鲁迅作品作插图而闻名。裘沙先生伛偻着腰，面容清癯，话语不多；王伟君女士则端庄大方，善谈一些。我们一边喝茶，一边看他们展开的一幅幅画卷——祥林嫂、阿Q、孔乙己……那个鲁迅笔下的苍凉世界，穿过半个世纪的风雨，硬朗地呈现在我们面前。它们给夏日的阳光，平添了一抹忧郁的色调。那时我正为新书扉页的漫画像发愁，不知该请什么人画。这次聚会后，我试探着给裘沙先生打了个电话，问他可否帮助我。裘沙先生客气地说，他不画漫画，倘若画的话，以他画鲁迅的笔，会把我画得老相。他推荐了他的儿子，说他可以。裘大力那时好像在中央美术学院读书，印象中是一个高而瘦、略微腼腆的青年。就这样，一个午后，我来到裘沙先生家，由裘大力作了我的漫画像。画中的我，还戴着　枚戒指。我们那个地方的老辈人，都说戴金子压惊辟邪，所以家人送了我一枚金戒指。我把它戴到了无名指上，在大人堆里，扮出一副心有归属的模样。而其实，那个时期，人看上去兴冲冲的，实则心是空的。如今，这戒指早就不知扔哪儿去了。我不喜欢金子，而且到了宠辱不惊的年龄，是不需要什么东西来为自己"压惊"的了。

　　序言和漫画都有了，我撰写了小传。其中的一句话，如今读来感慨万千："她崇尚悲剧，但并不喜欢为悲剧而流泪。她

认为无论是生活还是文学，面对的往往是失败的命运。"那个
"她"，当然是自指。当时我二十出头，应该说正处在花样年华
中，可却说出如此悲观的话来，看来在我的天性中，对生命和
艺术，始终满怀忧伤和惆怅。

"文学新星丛书"出到我们这一辑，是第六辑了。除了李
晓、庞泽云和韩春旭，还有阿来。同一辑的人，就是一个小小
的团体，虽然大家疏于联系，但在报刊上看到他们的名字，还
是无比亲切，因为我们来自同一组织啊。

我这本书的名字是《北极村童话》，这个书名像我的乳名
一样，虽然后来不常有人叫了，但只要想起来，心底还是热乎
乎的。它三十二开的小开本，白地封面上有一座木刻楞房屋的
剪影，屋顶是白色的，看来它是雪中的屋子。这本书定价两块
七，在当年，算是不菲的价格了。因为在此之前，买一套三卷
本的上海译文出版社出的但丁的《神曲》，还不足四块钱。去
年，我到大连参加王安忆女士的作品研讨会，安忆带的研究生
李一对我说，她在上海的一家旧书店买到了这本《北极村童
话》，店主要了她二十块钱。我知道，聪明秀婉的李一，并非是
为作品的内容而去的，她要的，大约是那个文学时代的气息吧。

这本小巧可爱的书，像一个浅浅的脚印，留在我创作的路
上。这个脚印不会因为我走得遥远而看不见了，因为你无须回
头，只要还能闻到露水和野草的气息，就知道，那个脚印还在。

雪中的炉火

只有北国才有真正的冬天。

而只有北极才会有纯粹的冬天。

我出生在中国的北极村，出生在冬天，出生在一个属于中国人的传统节日——元宵节，世界首先向我展示的是黄昏的冬景，茫茫雪野、冰封的河流、高大气派的木刻楞房屋、安然释放着宁和之光的冰灯、黎明前无力涌动着的朔风……

从我记事的时候起，我就觉得老是被冬天抱在怀里。一场雪刚去，另一场雪又来了，有时一夜之间大雪封门，一家人只有合力才能勉强将门推开一条缝，这时白晃晃的寒风和着雪后凛冽的阳光钻进屋子，我真想伸出舌头把它舔到肚子里吃掉。

我六七岁的时候跟外祖母生活，她勤劳、善良、富有忍耐力。她喜欢种菜、捕鱼、饲养家禽、做饭、讲故事，我常常跟她去菜园、江边、供销社。当然有时也去串亲戚，规规矩矩地坐在别人家的小板凳上，听大人们讲种植、狩猎、生儿育女等等的事。给我印象最深的当然就是冬天，因为我仿佛老也过不完它，随它而来的就是寒冷。零下二四十摄氏度的天气是极其平常的，我的手脚不止一次起了冻疮。

我上小学时回到了父母身边。父亲是大兴安岭一个山村小学的校长。他有着良好的音乐天赋，在哈尔滨市读的中学，因为家境贫寒，无法继续求学，在开发大兴安岭的那一年，他没有同任何人商量就毅然决然地报了名。当他唯一的亲戚得知这一消息时，他已经踏上北赴大兴安岭的征程。他在大兴安岭娶妻生子，有了自己的家，有了他事业的支柱——小学校。他豁达、开朗、清高而自负。后来他热爱上了酒，一度消沉和颓废。我在小时候听过他拉的小提琴，那是我至今听过的最美的琴声。他喜好诗文，对曹植的《洛神赋》赞不绝口，所以才把"子建"这样的名字赐予我。然而在我刚二十出头的时候，他不幸得了脑溢血躺进了医院的抢救室。当时我只发表过两篇小说，《小说选刊》选了《沉睡的大固其固》后，他还给我来过一封信鼓励我，那是他写给我的最后一封信。我记得给他回信说《人民文学》即将发表我的《北极村童话》，让他到时找来看看。不料仅隔两个月，他就突然离去了。他在去世的前几天，有一天清醒的时候，他曾满怀忧伤地问我："你那篇小说什么时候出来？"我说下个月，就快了。我不敢看他那饱含希望、忧虑和慈爱的目光。他走的那天是一九八六年一月六日的一个寒冷的黎明，而《北极村童话》是在一九八六年二月出刊的，谁能知道我收到样刊时把整个一本刊物都哭湿了呢？

无边无际的冬天，挥之不去的亲情，广阔的空间，这一切都在我的心灵中占有特殊的位置。我热爱雪，爱它的寂静和寒冷。我也热爱由寒冷中诞生出来的炉火，爱它的生气和温暖。我的作品比之生养于我的土地来讲，还显得不够丰富和博大。但是这种不完美对我以后的创作将是一种鞭策和激励。

这本集子里收入了我目前较为满意的一个短篇《逝川》，我觉得无论是生命还是创作都应该呈现出那种生命的自然状态：裹挟着落叶、迎接着飞雪、融汇着鱼类的呜咽之声，平静地向前、向前、向前……

我能捉到多少条"泪鱼"

你们有没有听过傻瓜的歌声？

三十年前，我曾在故乡的小山村听过一个少年傻瓜的歌声。他是因脑炎而变傻的，是我同学的弟弟，在家排行老三，我们都叫他傻三。傻三很神奇，你不能说他傻，若是谁这样说他了，他就气咻咻地跑回家，用收音机和挂钟来证明他的"不傻"。他极为熟练地把它们拆卸了，让各色零件像残花败柳一样谢落在地上，然后再有条不紊地把它们一一地安装上。收音机照样能说话，挂钟也照样能有板有眼地行走，令我们这些不傻的孩子目瞪口呆！但他的其他举止说明他还是一个十足的傻瓜，他一天到晚嘻嘻地笑，喜欢在街巷中闲逛，说着些不着边际的话，而且，他常常会突然地仰起头来对着蓝天白云放声歌唱！

他的歌声是即兴式的，有强烈的爆发力，干净、透亮、精短，当你琢磨他究竟唱了些什么的时候，他却戛然而止了。他的歌声进入云端，像一只小鸟一样，很快消失了踪影。他平素说话是清楚的，但他一旦唱歌就吐字不清，所以你永远不清楚他唱的是什么——他自己大约也不知道要唱什么，只是抑制不住地要歌唱罢了。

其实歌声是可以没字的，我们听它的旋律就可以了。为歌声填词，大约是对歌声做蹩脚的注脚。所以现在想来，傻三的歌声是很有内涵的，那歌声没有表演的成分，它天然、醇厚、质朴；傻三的"傻气"把他灵魂中最浪漫、最活泼、最富有激情的品质激活了，他选择了一个歌唱的瞬间，将它们完美地展现出来，所以从某种意义来说，他是那片土地真正的歌者。

十年前，我发表了一篇谈短篇小说的文章《激情与沧桑》，现在回过头来读它，我仍然觉得我要说的东西基本还是在那里，那就是说，短篇小说的写作一定要有激情的推动，而推动这激情的，是一个作家的"沧桑感"。激情是一匹野马，而沧桑感则是驭手的马鞭，能很好地控制它的"驰骋"。有了这两点，一个作家驾驭短篇小说才会得心应手。

写这篇序言时，我蓦然想到了傻三的歌声。我觉得短篇小说应该呈现给读者的，就是那个傻瓜在一瞬间的饱满的歌声。我还觉得，好的短篇是饭后的一杯茶，它会给人带来沉静、安详与闲适感。这是人生和文学最佳的境界。

在如今这个浮躁而喧嚣的文坛，长篇小说成了一股创作洪流。这是一条泥沙俱下的洪流。优秀的长篇虽然在其中也有闪现，但它们像濒临灭绝的鱼类一样，只占极小的比例，更多的是那些没有经历过短篇中篇锻炼的写手，提着一把把肮脏的屠刀粉墨登场了。他们肢解生活时不像"庖丁解牛"那样因为有章法而游刃有余，他们胡乱地砍杀，把一堆散发着腐烂气味的血淋淋的垃圾呈现在我们面前，让不明真相的人品尝这样的"盛宴"。我觉得除了一个作家的素质的欠缺使他还没有达到表情达意的准确性和艺术性，更重要的一点，就是长篇小说的文体本身，使他们能尽情地在漫长的篇幅中"藏污纳垢"。所以我觉得要想做一个好作家，千万不要漠视短篇小说的写作，生活并不是洪钟大吕的，它的构成是环绕着我们的涓涓细流。我们在持续演练短篇的时候，其实也是对期待中的丰沛的长篇写作的一种铺垫。

收在本书中的短篇，新作居多。《采浆果的人》是刚刚完成的作品，它的发表与书的出版可能就会同步了。当我写完它时，眼前闪现的是白雪中的苍苍婆的形象。而在《微风入林》中，我写的是一个年轻女人的悲剧（也可以称为颂歌），因为生命的激情是那么的捉摸不定，它像微风一样袭来时，林中是一片鸟语花香，但它在我们不经意间，又会那么毅然决然地抽身离去。它虽然离去了，但我们毕竟畅饮了琼浆！在经历了生活的重大变故后，我为自己还能写出这样有激情的作品而感到欣喜。

《逝川》是我编任何选集都不愿意放弃的作品，我喜欢它。我写了一条河流，写了一个守望着这条河流的老女人的命运。《逝川》上的那种会流泪的"泪鱼"，当然是我的创造。我现在觉得，短篇小说，很像这些被打捞上来时流着珠玉一样泪滴的"泪鱼"，它们身子小小，可是它们来自广阔的水域，它们会给我带来"福音"；我不知道未来的写作还能打捞上多少这样的"泪鱼"，因为不是所有的短篇都可以当"泪鱼"一样珍藏着的。但我会准备一个大箩筐，耐心地守着一条河流，捕捉随时可能会出现的"泪鱼"。如今在这个箩筐中已经有一些这样的鱼了，但它还远远不够，但愿真正的收获还在后面。

《迟子建短篇小说编年》自序

好听的故事，似乎总是短的，这经验是从童年得来的。在北极村的长夜里，外祖母讲给我的故事，往往十来分钟就是一个。我要是听了不过瘾，会缠着她再讲。而再讲一个的条件，也许是给外祖母挠痒痒，也许是帮她给炉膛添块劈柴——那通常是冬天的夜晚。外祖母要是心情好，精神头足，会一连气讲两三个故事。外祖母睡了，可她口中蹦出来的神仙鬼怪，却在我脑海中翻腾不休，让我在午夜时，眼睛睁得跟十五的月亮一样圆。

其实很多作家与我一样，初涉文坛，演练的是短篇。当代比较活跃的小说家的处女作，不是中篇长篇，而是短篇，便是明证。而以短篇雄踞文坛的中外名家，也不胜枚举：契诃夫、马克·吐温、蒲宁、杰克·伦敦、欧·亨利、莫泊桑、乔伊斯、福克纳、亨利·劳森、爱伦·坡、川端康成、蒲松龄、鲁迅、郁达夫、沈从文、汪曾祺，等等。甚至以长篇见长的海明威、雨果、托尔斯泰、福楼拜、卡尔维诺等，也都有令人激赏的短篇。

我没有细致统计自己发表的五百多万字作品中，短篇究竟占多大的比例。我只知道，从一九八五年发表作品至今，我与短篇心心相印，不离不弃。哪怕创作耗时两年的《伪满洲国》，这期间我也写下《清水洗尘》等短篇。在已经出版的六十多部作品中，除却长篇，我的自选集总不乏短篇的影子。而关于短篇的话题，这些年来，亦有零星表述。

短篇小说舞台不大，所以作家在起舞的一瞬，身心要在最佳状态，既要有饱满的激情，又要有气定神闲的气质。不要以为舞台小，它的天地和气象就小了。在小舞台上跳得出神入化，大世界的风景就妖娆呈现了。你在与天地交融的时刻，会觉得脚下的流水，与天上的银河连为一体了。你既是人地之河的一簇浪花，又是天河中的一片涟漪，晶莹剔透，遍体通泰。而这种美妙的感觉，在长篇的写作中几乎很难感受到。

短篇小说像闪电，平素隐匿在天庭深处，一旦乌云积聚，人间的黑暗和沉闷达到了一定程度，它就会腾空而起，撕裂乌云，涤荡阴霾，让光明重现。这也就是为什么，人们读好的短篇，会有如沐喜雨的感觉。

以编年形式编辑短篇小说，使我有机会回望自己的短篇之旅。按发表的时间顺序，我将它们分为四卷，平均每六年为一卷。最初选取书名时，很奇怪的，依照卷次，跳入我眼帘的竟是这样的书名：《鹅毛大雪》《亲亲土豆》《清水洗尘》《一坛猪油》。四字的篇名，在我的短篇中，虽然也不少，但像《逝川》《野炊图》《白雪的墓园》《一匹马两个人》《朋友们来看雪吧》等两字三字五字六字甚至七字的篇名，也很常见。为何映入心中的，却是它们？除了押韵和顺口，我留意了一下这几个篇名的最后一个字，豁然开朗，"雪、豆、尘、油"四字，岂不概括了短篇的本质？"雪"来自天上，属寒；"豆"来自大地，属温；而"尘"和"油"，冷热纠结，既是世俗世界的产物，又是心灵世界的元素。能把这四字写足，无疑是参透了人世的冷暖欢欣，短篇也就亭亭玉立了。不过，为了避免引起读者的误解，我还是用这样的篇名统领各卷：《北国一片苍茫》《亲亲土豆》《花瓣饭》《一坛猪油》。而它们，也能代表各个时期，我短篇的特质。

如果说人生是一支漫长的长歌的话，那么这支恢宏的长歌，是由无数的短歌构成的。我愿意在创作的路上，拾取这样的短歌，边走边唱。

《踏着月光的行板》自序

有一年夏日的黄昏，在故乡，母亲有天回家对我说，开小卖店的邻居徐叔家捉了只鱼鹰，很多小孩子围着它看呢。我好奇，便去了小卖店。那鱼鹰蜷在纸箱中，蔫蔫的，它有着罕见的银灰色羽毛，双翼夹杂着浅绿和湖蓝色，美极了！纸箱旁放着几条死鱼，可鱼鹰对它不闻不碰，据说它是吃活鱼的。

我喜爱这只鱼鹰，回家后便对母亲说，我想买了这鱼鹰，把它送到呼玛河畔放生，我知道它是在那儿被捉住的。母亲对我说，你徐叔要知道是你买，肯定不会要你的钱，会白白送给你，可人家拿它是可以卖钱的啊。我说，别说我买，就说你自己买了要吃肉不就得了？母亲说，那就更不可能了，凭咱家和你徐叔家这么好的关系，人家肯要一分钱吗？

我无话了。

几天之后，我的外甥胜虎告诉了我这只鱼鹰的命运。有个人相中了它的羽毛，将其买下，要制成标本，送给一个爱好收藏鸟类标本的上层领导。胜虎说这鱼鹰被活生生地扔进了冰柜中。他在叙述这个情节时，打了一个深深的寒战。

这只鱼鹰和这个少年的寒战，便是《酒鬼的鱼鹰》的写作缘由。故事的背景自然是我生活着的那座山林小城，那里的晚霞、晨雾、街坊邻里间发生的故事以及常常出入小酒馆的那些落魄者，我熟稔于心，写作这篇小说时就很从容。当然，这只鱼鹰的悲剧与我也有关系，它是完全可以再回到青山碧水之间的。写作这篇小说，我还满怀了一份忏悔之情。

另外两部中篇《零作坊》和《相约怡潇阁》也都是近作，值得一提的是后者，它是由一个真实的故事生发出来的，我以"绘画"为载体，演绎了这个故事。在我近些年的作品中，它是独特的。

最后，我要说的是《踏着月光的行板》。我爱人在世时，我们常常在假日去探望他的父亲。公公住在大庆的让胡路区：从哈尔滨去大庆的让胡路区，基本都是些逢站必停的慢车。在慢行的列车上，我相遇最多的就是那些神色黯然、衣着破旧的民工。有一次我们乘坐慢车从让胡路区返回哈尔滨，路过松花江大桥时，只见一团落日浸在江水中，水面一派辉煌。车厢中那些旅人疲惫的神色，也因为这夕阳的照映而变得格外地安详与温和。这温暖的画面让我心有所动，我对爱人说，我一定要写一篇发生在慢车上的故事的小说。可惜他没有读到它。当我的笔触落在我曾无比熟悉的那一列列果绿色的慢车上时，我们婚姻生活中曾有的温暖又忧伤地回到了我身上。所以，那对民工夫妻的感情很大程度上倾注了我对爱人的怀恋。在小说中，男女主人公在慢车交错之时虽然没有手牵手，可他们还是望见了对方，哪怕看的是一眼。而在生活中，我却是连再看一眼爱人的可能都不存在了。慢车依然如常地运行，也许我还会踏上那样的列车，但身旁再也没有陪伴我的人了。就像半残的月亮，不管它多么地明净，总不如满月的光辉那么激情四射、光华动人。我为曾拥有慢车上温暖的旅行而庆幸，那份知足和幸福是我永久的怀恋。

残缺，也许就是生活和艺术的真谛。

感谢十月文艺出版社将我的中篇近作结集出版，如果我的书能让我的读者在庸碌的生活中获得一些心灵的安慰，那将是我最大的快乐了。

《迟子建中篇小说编年》自序

当我对中篇小说一无所知的时候，我写作了《北极村童话》，那是一九八四年春天，大兴安岭正在解冻，路上满是泥泞，又满是春光。二十岁的我没有多少知识的底蕴和生活的积淀，有的是满脑子的幻想和一身的朝气。写它的时候，并没有考虑篇幅的长短，只是信马由缰地追忆难以忘怀的童年生活，只觉得很多的人和事都往笔端上冒。于是，写了外婆就想起了湿漉漉的夏日晚霞，写了马蜂窝又想起了苏联老奶奶，写了舅舅又想起了大黄狗，写了大雪又想起了江水，不知不觉地，这篇小说有了长度。

为什么能够把一部小说写成了中篇？按我的理解，首先是这素材有了相当的容量，就像一个人身量大，穿的衣服自然就不会小。小说的长短度，就是这么出来的吧。该是短篇的你把它生硬地抻长，它就显得单薄，没有精气神；该是中篇的你遏制其发展，它的激情得不到释放，乌云满天，会让人觉得沉闷压抑；而该是长篇的素材，你就得让它一泻千里地流淌下去，才能给读者带来淋漓尽致的艺术享受。

除了相应的长度，中篇小说还应该有足够的气韵。如果说短篇是溪流，长篇是海洋，中篇就是江河了。而气韵，就是水面的薄雾。江河湖海日日流，薄雾却不是天天有。气韵的生成，与一个作家的眼界和审美，息息相关。气韵贯穿在字里行间，是作品真正的魂。那些缺乏气韵的作品，纵有惊心动魄的故事，也让人觉得乏味。

一般来说，溪流多藏于深山峡谷，大海则远在天边，而纵横的江河却始终萦绕着我们。从这个意义上说，中篇的文体更容易贴近我们的生活，我们可以在江河上看见房屋和炊烟的倒影，听见桨声，也听见歌声。

当然，以上我关于小说长短度的比喻，讲的是通常的气象。在某些时刻，也有"异象"生成，比如电闪雷鸣会使溪流在某一刻发出咆哮之声，大有江河之势；而海洋风平浪静时，会像一滴至纯至美的水！这些气质独特的"异象"之作，在文学史上也不乏其例，它们大多出自天才笔下。

海纳百川，方可磅礴。同样，江河汇集了众多的溪流，才能源远流长。就是那些"异象"的生成，也无不依赖水本身的气质。世界上没有哪一条江河是生就的洒脱和丰盈，它们总要吸纳涓涓细流，才能激情澎湃。

由于江河流域不同，它们的气息也是不同的，每个作家都有属了自己的江河。对我而言，黑龙江、呼玛河、额尔古纳河是我的生命之河，感染它们的气息也就浓厚些。这些北方的河流每年有半年的冰封期，所以河流在我眼中也是有四季的。春天时，它们轰隆轰隆地跑冰排了，冰排就像一朵朵盛开的白莲，熠熠报春！夏季时，灿烂的江河上不仅走着船只，也走着青山和白云的倒影。秋天，江河消瘦了，水也凉了，落叶和鸟儿南飞时脱落的羽毛漂荡在水面上，江河就仿佛生了一道道皱纹，说不尽的沧桑！冬天，雪花和寒流使江河结了厚厚的冰，站在白茫茫的江面上，想着冰层下仍然有不死的水在涌流，仍然有鱼儿春心荡漾地摆尾，真想放声歌唱——世界是如此苍凉，又如此美好！

我的中篇之水，汇集的正是那片冻土上的生活之流。从一九八六年在《人民文学》发表第一部中篇《北极村童话》开始，到二〇一二年《收获》刊登《别雅山谷的父子》，近三十年间，我发表了五十部中篇小说。感谢上海九久读书人与人民文学出版社以编年形式，出版其中的四十部中篇，使我有机会回望和打量自己走过的文学之路。我发现这条路不管多么曲折，都有一个清晰的指向，那就是我的故乡，那就是我的心灵！

那一条条生命之河，就是盈满我笔管的墨水。它流出哀愁，也流出欢欣；它流出长夜，也流出黎明！一个被冷风吹打了近半个世纪的人，一个在写作中孤独前行了三十年的人，深知这世界的寒流有多刺骨，也深知这世界的温暖有多辽阔！

所有的故事都不会结束，又怎能结束呢！

在北方的原野上

　　最近清理闲置多年的旧居，在阳台的老式木箱中，翻出读大兴安岭师专时的两册练笔本。三十多年前，我在即兴写的诗文的下角，随手用蓝色的钢笔和圆珠笔，涂抹了一些插画。虽说它们跟我当时的文笔一样稚嫩、青涩，但生气勃勃。那些小小的插画，都是我熟悉的花草，它们来自北方的原野，像不离不弃的日月，一直照耀着我的生活，照耀着我的写作。

　　一个作家在现实生活中，可以有上千次的旅行，但最重要的，是他们的心灵之旅。心旅之痕，化作文字。

　　回顾我三十年的写作，在已发表的六百万字作品中，以旅行为主题的小说，竟有不少篇什。所以朱寒冬先生邀请我编选一卷小说的时候，我很自然地想到了《向着白夜旅行》《逆行精灵》《草原》《观彗记》《踏着月光的行板》等小说。

这些作品中有看得见又看不见的幽灵，有来自迷离人间的感伤情歌，有百年不遇的彗星的风云际会，有明月下恋人在相向而行的列车上的短暂遥望。世上道路，绝无坦途，遍布荆棘和迷雾，但坚强的旅人，总会穿过荆棘丛，奔向前方，哪怕被刮得鲜血淋淋。而不管多么辽阔的迷雾，最终都不是风和阳光的对手，它们终将在不屈的人面前消遁。

虽说如此，在人生的行旅中，在不公和难以预测的命运面前，眼泪和哀愁，从来就没有离开过我们。我小说行旅中的主人公们，在北方纯美的花草的映衬中，踏上的莫不是伤怀的旅行。我将他们黑夜中深沉的叹息，当作风铃，挂在他们向世界敞开的心扉上。我相信总会有意外的星光，化作无言的风，敲响它，敲响这世界的混沌，使我们透过虚伪的表象，看见真正的光，真正的雨露。于是，哪怕我们身陷泥淖，哪怕周围是豺狼虎啸，我们也不会做那落魄的看客。于是，我小说中那些在北方的原野跋涉的人们，无论笑着还是哭着，总是披荆斩棘，勇往直前，哪怕做那逆行的精灵。

《树下》自序

　　十年前我写作了《树下》，它是我的长篇处女作。就像一个只垒过猪圈和鸡舍的农人突然要造一座大房子一样，我掩饰不住自己的激动和兴奋。由于这激动和兴奋，那房子的一砖一瓦都用得一丝不苟，绝不会偷工减料，笨手笨脚地将它造完后，只觉得无限的温暖和舒适。然而住的时间久了，这房子的毛病也就像夜时灶房的蟑螂一样游荡出来了。也许当时太在意它的实用性而忽略了它的美观，过于认真的态度使它显得有些拘谨，但是毋庸置疑的是，我至今仍然喜欢它。重读它的时候，就有一种回到老房子的感觉，无比地亲切，带给人对朴素而有韵致的生活的回忆。

那时的《树下》有些什么？我想我倾注了童年的生活体验和青春的那种浸透着忧伤的浪漫，它的故事充满了哀愁。对，就是哀愁。我喜欢哀愁，哀愁有什么不好？哀愁给人一种湿漉漉的感觉，它能让人心有所动。因为哀愁往往是由于对美的伤怀而衍生出来的。

在我写作它的年代，我在树下看到了草木、动物、迷雾、阳光以及寒冷。尽管我也看到了坟墓，但它却是被野花覆盖着，死亡的气息不是那么凛然可惧。而在今天，我却能在树下看到陷阱、毒蛇和荆棘，如果重写一部《树下》，它肯定是另一番景象了。也许它会多一些从容、老练和沧桑感，但它也许会丧失某种朝气，而有朝气的写作年华是多么令人怀恋啊！

《树下》在《花城》杂志发表后，是由上海文艺出版社出的单行本。责任编辑出于好心，认为这名字可能会影响发行，让我重新选择一个篇名，于是，我糊涂地把它更名为"茫茫前程"。书一出来，我就后悔不迭，觉得还是"树下"的名字更符合我这部长篇的韵味。于是，就想着有一天去弥补这个遗憾。如今，北岳文艺出版社给了我这个机会，使得它恢复原名。在此，我深表谢意。

我愿意把十年前的作品原汁原味地呈现给读者，让读者感受一下我盖的第一座房子究竟是什么样子。如果你认为它仍能让你流连一番，作为它的主人，我会觉得无比的幸福和自豪。

只要自然界的风霜雨雪依然抚摩着我们，我相信我的心和读者永远是相通的。我愿意在这座已经陈旧的老房子里点起一簇炉火，约你在炉旁小憩，喝一杯清茶，共叙光影斑斓的往事。

一条狗的涅槃

　　二〇〇二年春节刚过，八十岁的公公被查出肺癌晚期。他老人家走得很快，从发现病症到故去只有一个月的时光。在大庆料理完公公的丧事，由于连续儿夜没有休息，加之受了风寒，我一回到故乡塔河就病倒了。我高烧不退，昼夜咳嗽不止。从来没有打过点滴的我，迫不得已要每日去医院挂吊瓶。我不知道自己有慢性输液反应，只觉得每天从医院回来，冷得浑身颤抖，病没有减轻，反倒有加重的感觉。直到有一天，我还未输完液，忽然冷得牙关紧闭，体温已接近了四十摄氏度，身上肌肉颤抖，呼吸困难，小县城的医生这才反应过来，我一定是发生液体过敏反应了！院长和医生连忙给我注射了好儿组针剂，我这才脱离危险。他们后来重新调换了一种抗生素，我的病才渐渐好起来。我一般上午去医院打点滴，下午在家休息。病一有了起色，我就想写这部早在计划之列的长篇。爱人对此坚决反对，他勒令我只能躺在床上"养病"。可是每日午后当我昏昏沉沉地从床上爬起来，独自望着窗外苍茫的山和由于低气压而形成的灰蒙蒙的天空的时候，我特别渴望着进入写作中的"青山碧水"。于是，清明节后，是四月六日，双休日的第一天，上午爱人陪我去医院输完液，下午我就在一个大笔记本上开始了《越过云层的晴朗》的写作。我半开玩笑地对爱人说，写作有助于我健康的恢复。果然，当我的笔在洁净的白纸上游走的时候，心也就渐渐明朗起来，病就像见着猫的老鼠一样逃窜了。四月底我和爱人回到哈尔滨时，我写完了第一章《青瓦酒馆》。有几个晚上，在故乡寂静的雪夜里，我轻声给他朗读第一章的片段，我还能回忆起他不时发出的会心的笑声。他对我说，用一条狗的视角写世态人生，难度会很大。我当时踌躇满志地对他说，放心，我一定会把它写成功！谁知我们回到哈尔滨一周之后，他却在回故乡的山间公路上因车祸而永久地走了！原来我最喜欢听那首美国乡村歌曲《乡村路带我回家》，可现在一想起它的旋律，我就伤心欲绝！

　　料理完爱人的丧事，我大概有一个月处于一种迷幻状态。虽然明白他已故去，但我仍然不由自主地在每日的黄昏拨一遍他的手提电话（车祸发生时，他的手提电话被甩在丛林中，一直没有找到），我想也许有一天奇迹会发生，我会听到那个最亲切和熟悉的声音，不管那是天堂之音还是地狱之音，我都会欣然接受！然而听筒里传来的总是那句冰冷的"对不起，您拨叫的用户已关机"。我心犹不甘，继续拨打他的电话，直到有一天听筒里传来"您拨叫的号码是空号"时，我才彻底醒悟：我们真的是天各一方了！那天黄昏我听到"空号"二字，放下电话后不由得号啕大哭。也就是这天之后，我重新拾起这部长篇，把注意力转移到写作上。果然，一开始写第二章《在丛林中》，我的情绪就好多了。半年的时间里，我是伴着泪水来营造这部小说的。十月中旬，初稿已经完成。由于我写作手法笨拙，要先在笔记本上"笔耕"一遍，然后才能上电脑打字和修改，这就无形中增加了工作量。而且由于流泪过甚而害了眼疾，医生禁止我使用电脑，但我太想早点把这部对我来说最有纪念意义的长篇杀青，所以靠眼药支撑，我每天在电脑前工作七八个小时，终于在二〇〇三年新年的午后把它定稿了。当我在电脑上敲击完最后一行字时，真的有一种要虚脱了的感觉。

现在想来，这部长篇似乎冥冥之中就是为爱人写的"悼词"，虽然内容与他没有直接的关联。我其实是写了一条大黄狗涅槃的故事。我爱人姓黄，属狗，高高的个子，平素我就唤他"大黄狗"。他去世后的第三天，我梦见有一条大黄狗驮着我在天际旅行，我看见了碧蓝的天空和洁白的云朵——那种在人间从来没有见过的胜景令我如醉如痴。最后这条大黄狗把我又送回地面上。醒来后，我跟妈妈讲了这个梦，妈妈说，他这是托梦给你，他在天堂，让你不要再牵挂他了。当时我还不理解这个梦，直到我写完这部长篇的最后一句话"再也看不到身下这个在我眼里只有黑白两色的人间了"的时候，我才惊出一身冷汗：我这不是在写一条狗涅槃的故事吗？如果我最初对小说的设计不是这样的，爱人是不是还会在人间呢？

跳出个人情感来看待这部小说，那么我对它还是满意的。佛家认为万事万物皆有灵性，我相信这一点，所以用一条狗来做"叙述者"。而且，我在短篇小说《花瓣饭》中对"文革"的"日常"理解，觉得意犹未尽，在这里又有了别样的认识，也是一种"补缺"。其实"伤痕"完全可以不必以"声嘶力竭"的呐喊和展览显示其"痛楚"，它可以用很轻灵的笔调来化解。当然，我并不是想抹杀历史的沉重和压抑，不想让很多人为之付出生命代价的"文革"在我的笔下悄然隐去其残酷性。我只是想说，如果把每一个"不平"的历史事件当作对生命的一种"考验"来理解，我们会获得生命上的真正"涅槃"。

我要感谢《钟山》杂志社的傅晓红和上海文艺出版社的郑宗培以及此书的责编丁元昌先生，尽管有多家杂志和出版社愿意首发和出版此作，最终我还是选择了你们。除了友情之外，我觉得你们对作品的理解和认同让我在这个特殊的心理时期感到一种鼓励和慰藉，谢谢你们。愿我的读者喜欢这部作品，虽然它没有那么多世俗的"情爱"，但它却是一部踏实的文学作品。在这样一个特殊的心态下写出的作品，我不敢把握它的好坏。所以如果它有缺陷，请读者朋友和文坛的朋友能够宽宥我。

最后我要说，感谢文学，它帮助我度过了一生中最艰难的岁月。为此，我只能越来越热爱文学，因为它对我来讲是生命中永远的"真实"。我不想把这样一部浸透着"伤痕"的作品献给已故的爱人，因为比之他对我的爱，它显得过于"轻飘"和"虚荣"了。我不愿意他还牵挂俗世的我，愿他那比我还要脱俗和高贵得多的灵魂获得安息。我将用我的余生在文学中漫游，因为我越来越觉得，文学的漫游，就如同爱人故去后能够在我的梦境中带着我在天际漫游一样，会带给我永久的震撼和美感。

从山峦到海洋

　　一部作品的诞生，就像一棵树的生长一样，是需要机缘的。

　　首先，它必须拥有种子，种子是万物之母。其次，它缺少不了泥土，有谁见过可以在空中发芽的种子？还有，它不能没有阳光的照拂、雨露的滋润以及清风的抚慰。

　　《额尔古纳河右岸》的出现，是先有了泥土，然后才有了种子的。那片春天时会因解冻而变得泥泞、夏天时绿树成荫、秋天时堆积着缤纷落叶、冬天时白雪茫茫的土地，对我来说是那么的熟悉——我就是在那片土地出生和长大的。少年时进山拉烧柴的时候，我不止一次在粗壮的大树上发现怪异的头像，父亲对我说，那是白那查山神的形象，是鄂伦春人雕刻上去的。我知道他们是生活在我们山镇周围的少数民族。他们住在夜晚时可以看见星星的撮罗子里，夏天乘桦皮船在河上捕鱼，冬天穿着皮大哈（兽皮短大衣）和狍皮靴子在山中打猎。他们喜欢骑马，喜欢喝酒，喜欢歌唱。在那片辽阔而又寒冷的土地上，人口稀少的他们就像流淌在深山中的一股清泉，是那么的充满活力，同时又是那么的寂寞。

我曾以为，我所看到的那些众多的林业工人、那些伐木者才是那片土地的主人，而那些穿着兽皮衣服的少数民族则是天外来客。后来我才知道，当汉族人还没有来到大兴安岭的时候，他们就繁衍生息在那片冻土上了。

那片被世人称为"绿色宝库"的土地在没有被开发前，森林是茂密的，动物是繁多的。那时的公路很少，铁路也没有出现。山林中的小路，大都是过着游猎生活的鄂伦春人和鄂温克人开辟出来的。始于六十年代的大规模开发开始后，大批的林业工人进驻山林，运材路一条连着一条出现，铁路也修起来了。在公路和铁路上，每天呼啸而过的都是开向山外的运材汽车和火车。伐木声取代了鸟鸣声，炊烟取代了云朵。其实开发是没有过错的，上帝把人抛在凡尘，不就是让他们从大自然中寻找生存的答案吗？问题是，上帝让我们寻求的是和谐生存，而不是掠夺式的破坏性的生存。

十年过去了，二十年过去了，三十年过去了，伐木声始终没有止息。持续的开发和某些不负责任的挥霍行径，使那片原始森林出现了苍老、退化的迹象。沙尘暴像幽灵一样闪现在新世纪的曙光中。稀疏的林木和锐减的动物，终于使我们觉醒了：我们对大自然索取得太多了！

受害最大的，是生活在山林中的游猎民族，具体点说，就是那支被我们称为最后一个游猎民族的、以放养驯鹿为生的敖鲁古雅的鄂温克人。

有关敖鲁古雅的鄂温克人下山定居的事情，我们从前两年的报道中已经知道得太多了。当很多人蜂拥到内蒙古的根河市，想见证人类文明进程中这个伟大时刻的时候，我的心中却弥漫着一股挥之不去的忧郁和苍凉感。就在这个时候，我的朋友艾真寄来一份报纸，是记叙鄂温克画家柳芭的命运的一篇文章，写她如何带着绚丽的才华走出森林，最终又满心疲惫地辞掉工作，回到森林，在困惑中葬身河流的故事。艾真在报纸上附言：迟子，写吧，只有你能写！她对我的生活和创作非常了解，这种期待和信任令我无比地温暖和感动，我马上给她打了电话，对她说，我一直在关注着这件事，也做了一些数据，但我想等到时机成熟了再写。

我其实是在等待下山定居的人的消息。我预感到，一条艰难而又自然的回归之路，会在不久的将来出现。

　　去年五月，我在澳大利亚访问了一个月。有一周的时间，我是在澳洲土著人聚集的达尔文市度过的。达尔文是个清幽的海滨小城，每天吃过早饭，我会带着一本书，到海滨公园坐上一两个小时，享受着清凉的海风。在海滨公园里，我相遇最多的就是那些四肢枯细、肚子微腆、肤色黝黑的土著人。他们聚集在一起，坐在草地上饮酒歌唱。那低沉的歌声就像盘旋着的海鸥一样，在喧嚣的海涛声中若隐若现。当地人说，澳洲政府对土著人实行了多项优惠政策，他们有特殊的生活补贴，但他们进城以后，把那些钱都挥霍到酒馆和赌场中了。他们仍然时常回到山林的部落中，过着割舍不下的老日子。我在达尔文的街头，看见的土著人不是坐在骄阳下的公交车站的长椅前打盹，就是席地坐在商业区的街道上，在画布上描画他们部落的图腾以换取微薄的收入。更有甚者，他们有的倚靠在店铺的门窗前，向往来的游人伸出乞讨的手。

　　离开达尔文，我来到蓝山写作中心，在那里住了十天后，当我乘火车返回悉尼时，刚出站台，就在宽敞的候车大厅遇见了一对大打出手的土著夫妻。女的又矮又胖，男的高而瘦削。女的又哭又叫着，疯了似的一次次地扑到男人身上，用她健硕的胳膊去打那个酒气熏天的男人。他们没有一件行李，女的空着手，男的只提着一个肮脏的塑料袋，里面盛着一团软软的豆腐渣似的东西。他不躲闪，也不反抗，任女的发泄。很快，他们周围聚集了一些白人围观者，他们的脸上呈现的大都是遗憾的神色。车站的警察也来了。他们拉开了土著女人，而那个男人，已经被打得唇角出血，他蜷缩在一根柱子前，哀哀地垂着头。围观者渐渐散去，而我由于等待没有准时赶来的出版商，得以有机会一直观察他们的动向。女的坐在男的对面的一根柱子前，哭泣着，大声抱怨着什么。她并没有具体的倾诉对象，警察和匆匆而过朝她瞥上一眼的过路人的表情都是漠然的，可她却说得那么地凄切、动情。她的诉说就好像是为站台上不时传来的火车的鸣笛声融入一种和弦似的。男人最后站了起来，他走到女人面前，递过那个塑料袋，对她说，吃一点吧。我这才明白那里面的东西是食物。女的跳起来推开他，让他走开！可男人很有耐性，又一次次地靠近她，满怀怜爱地把那个塑料袋递到她面前。这幕情景把我深深地震撼了，我只觉得一阵阵的心痛！我想如果土著人生活在他们的部落中，没有来到灯红酒绿的城市，他们也许就不会遭遇生活中本不该出现的冲突！

　　带着一股怅然的情绪，我离开了澳洲，来到了古老的爱尔兰。二〇〇〇年秋天，我曾随中国作家代表团访问过那里。我们只待了三天。印象最深的是海滨的乔伊斯纪念馆和在皇家剧院所观看的王尔德的著名话剧《莎乐美》，感觉爱尔兰是一个充满了优雅之气和浓厚的文化氛围的国家。然而此番再去，我感觉是来到了一个陌生的国度。我住在都柏林一条繁华的酒吧街上，每至深夜，酒吧营业到高潮的时候，砌着青石方砖的街道上，就有众多的人从酒吧中络绎而出，他们无所顾忌地叫喊、歌唱、拥吻，直至凌晨。我几乎每个夜晚都会被扰醒。站在三楼的窗前，看着昏暗的路灯下纵情声色的男女，我的眼前老是闪现出悉尼火车站候车厅里，那对土著夫妻发生冲突的一幕幕情景。我觉得那幕情景和眼前的情景是那么的相似——他们大约都是被现代文明的滚滚车轮碾碎了心灵、为此而困惑和痛苦着的人！

归国后，我写了一篇短文《土著的落日》，其中的一段话表达了我内心的感触：

面对越来越繁华和陌生的世界，曾是这片土地主人的他们，成了现代世界的"边缘人"，成为了要接受救济和灵魂拯救的一群！我深深理解他们内心深处的哀愁和孤独！当我在达尔文的街头俯下身来观看土著人在画布上描画他们崇拜的鱼、蛇、蜥蜴和大河的时候，看着那已失去灵动感的画笔蘸着油彩熟练却是空洞地游走的时候，我分明看见了一团猩红滴血的落日，正沉沦在苍茫而繁华的海面上！我们总是在撕裂一个鲜活生命的同时，又扮出慈善家的样子，哀其不幸！我们心安理得地看着他们为着衣食而表演和展览曾被我们戕害的艺术；我们剖开了他们的

心，却还要说这心不够温暖，满是糟粕。这股弥漫全球的
文明的冷漠，难道不是人间最深重的凄风苦雨吗！

我觉得是去看敖鲁古雅的鄂温克人下山定居的现状的时候
了。在哈尔滨休息了半个月后，在财政部一位朋友的帮助下，
我在八月份来到了内蒙古。我的第一站是海拉尔，事先通过韩
少功的联系，在那里得以看到了多年不见的鄂温克著名小说家
乌热尔图。他淡出文坛，在偏远一隅，做着文化史学的研究，
孤寂而祥和。我同他谈了一些我的想法，他鼓励我下去多看
一看。

在接下来的几天中，我驱车去了满洲里、达赉湖，然后穿
过呼伦贝尔大草原，来到了我此行的目的地——根河市。

我的预感是准确的。在根河市的城郊，定居点那些崭新的
白墙红顶的房子，多半已经空着。那一排排用砖红色铁丝网拦
起的鹿圈，看不到一只驯鹿，只有一群懒散的山羊在杂草丛生
的小路上逛来逛去。根河市委的领导介绍说，驯鹿下山圈养的
失败和老一辈人对新生活的不适应，造成了猎民一批批的回
归。据说驯鹿被关进鹿圈后，对喂给它们的食物不闻不碰，只
几天的时间，驯鹿接二连三地病倒了。猎民急了，他们把驯鹿
从鹿圈中解救出来，不顾乡里干部的劝阻，又回到山林中。我
追踪他们的足迹，连续两天来到猎民点，倾听他们内心的苦楚

和哀愁，听他们歌唱。鄂温克猎民几乎个个都是出色的歌手，他们能即兴歌唱。那歌声听上去是沉郁而苍凉的，如呜咽而雄浑的流水。老一辈的人还是喜欢住在夜晚能看见星星的希楞柱里，他们说住在山下的房子里，觉都睡不踏实。而年轻的一代，还是向往山外便利的生活。他们对我说，不想一辈子尾随着驯鹿待在沉寂的山里。鄂温克人不善掩饰，他们喜怒形于色。有一次我提了一个他们忌讳的问题，其中的一个老女人立刻板起脸，指着我大声说：建建是个坏蛋！（在那两天，他们都叫我建建。）而当我与那个老女人聊得投机时，她依然是亲切地叫我一声"建建"，然后捏出一撮口烟，塞进我的牙床里。当我被辛辣的烟味呛得跳了起来的时候，老女人就发出快意的笑声，说：建建是个好人！

　　在那无比珍贵的两天时间中，我在鄂温克营地喝着他们煮的驯鹿奶茶，看那些觅食归来的驯鹿悠闲地卧在笼着烟的林地上，心也跟着那丝丝缕缕升起的淡蓝色烟霭一样，变得迷茫起来。由于森林植被被破坏，如今驯鹿可以食用的苔藓越来越少了，所以，他们虽然回到山林了，但搬迁频繁。他们和驯鹿最终会往何处去呢？

　　回到根河，我听说画家柳芭的母亲因腰伤而从猎民点下山来，住进了医院，我便赶到医院探望她。我不敢对躺在病床上的虚弱的她过多地提起柳芭，只想静静地看看养育了一位优秀画家的母亲。当我快要离开的时候，她突然用手蒙住眼睛，用低沉的声音对我说：柳芭太爱画画了，她那天去河边，还带了一瓶水，她没想着去死啊。

是啊，柳芭可能并没想到要去死，可她确实是随着水流消逝了，连同她热爱着的那些绚丽的油彩。我的眼前突然闪现出了在悉尼火车站所看到的土著男人一次次地把食物送到妻子面前的情景，这些少数民族人身上所体现出的那种人性巨大的包容和温暖，令我无比动情，以至于在朝医院外走去的时候，我的眼睛悄悄蒙上了泪水。

我觉得找到了这部长篇的种子。这是一粒沉甸甸的、饱满的种子。我从小就拥有的那片辽阔而苍茫的林地就是它的温床，我相信一定能让它发芽和成长的。

回到哈尔滨后，我用了整整三个月的时间集中阅读鄂温克历史和风俗的研究资料，做了几万字的笔记。到了年底，创作的激情已经闪现，我确定了书的标题《额尔古纳河右岸》，并且写下了上部的开头："我是雨和雪的老熟人了，我有九十岁了。雨雪看老了我，我也把它们给看老了。"这是一个我满意的苍凉自述的开头。不过，确定了叙述方式和创作基调后，我并没有接着进行下去，因为春节的脚步近了，我想把它带回故乡，过完年以后再写。我觉得它应该是一部一气呵成的作品，它还该是一部有地气烘托着的作品，那么春节后在故乡用完整的时间营造它是最理想的了。

除夕爆竹幽微的香味还没有散尽，正月初三的那一天，我便开始了长篇的写作。书房的南窗正对着一带覆盖着积雪的山峦，太阳一升起来，就会把雪光反射到南窗下的书桌前，晃得人睁不开眼。如果拉上窗帘的话，就等于与壮美的风景隔绝了。于是我把厨房的方桌搬来，放置在书房进门的地方。这样我倚着北墙，中间隔着几米可以削弱阳光强度的空间，仍然能在写作疲劳时，抬眼即可望见山峦的形影。

方桌上摆着一盆我爱人生前最喜欢的花，它纷披的嫩绿叶片常常在我落座的一瞬或是拿茶杯的时候，温柔地触着了我的脸或手。写作是顺畅的，几乎没有遇到什么障碍。我每天早晨八点多起床，早饭后，打扫过房间，就开始工作。到了中午，简单吃点东西后睡个午觉，起来后接着工作。到了傍晚，我会像出笼的小鸟一样，一路欢快地奔到住在姐姐家的妈妈那里，饱餐一顿。她每天都会为一家人准备好丰盛的晚餐。她说我写长篇费脑子，所以总想在饮食上给我补足了。对着餐桌上的山珍野味，我总要喝上几杯红酒。家人怕我晚上回去后又要接着写作，总是以菜好为借口，鼓励我多喝几杯，想让我醉醺醺地回去后，只有一个睡的心思。但我从不上当。我每天晚上还要写两个小时呢。我弟弟知道我喜欢吃鱼，便与打鱼人联络好了，只要捕到了新鲜鱼，就打电话给他，唤他来取。温暖的亲情和可口的饮食，对我来说就是催生种子发芽的雨露和清风。

写累了的时候，我常趴在南窗前看山峦。冬天的时候，山下几乎没有行人，有的只是雪、单调的树和盘旋着的乌鸦。有的时候，我会在相对和暖的黄昏去雪地上散步。我满眼所见的苍茫景色与我正写着的作品的气息是那么的相符。

三月底，快完成中卷的时候，我回到了哈尔滨。一出站台，面对高楼大厦和车水马龙的情景，我突然觉得是那么的孤单和哀愁，看来小说所弥漫的那股自然而浪漫的气息已经在不知不觉间深入到我心灵中了。我在哈尔滨待了三天，马上又返回故乡。我觉得这部长篇只有面对着山峦完成，才是完美的。

故乡对我来说就是创作中的一道阳光，离开它，我的心都是灰暗的。

我很快又从那连绵起伏的山峦中获得了信心和灵感，回到创作中。

在小说将要完稿的时候，我爱人三周年的忌日到了。我没有去他的坟前，因为从他离开的那天开始，一座年轻的坟就沉甸甸地压在了我的心头。那天晚上，姐姐、弟弟和姐夫陪着我来到十字路口，我们遥遥地静穆地祭奠着他。被焚烧的纸钱在暗夜中发出跳跃的火光，就像我那一刻颤抖的心。

我感谢亲人、大自然和写作。这几年，是他们为我疗伤的。

　　只用了两个多月的时间，初稿就完成了，这种酣畅淋漓的写作状态在这十年中是少见的。写完尾声《半个月亮》的时候，是五月七日的正午，我锁上门，下了楼，一路疾行到了姐姐家。妈妈见我进来，非常吃惊，说，你怎么中午回来了？我对她说，我的长篇结束了！妈妈笑了，马上拿过一个杯子，倒了一些红酒，递给我说，庆祝一下吧！我在喝那杯酒的时候，无比地幸福，又无比地酸楚。因为我告别了小说中那些本不该告别的人。

　　初稿完成后，受王蒙先生的邀请，我来到青岛中国海洋大学，做长篇的修改。我是这所大学的驻校作家。海洋大学为我提供了生活上便利的条件。在小说中，我写的鄂温克的祖先就是从拉穆湖走出来的，他们最后来到额尔古纳河右岸的山林中。而这部长篇真正的结束又是在美丽的海滨城市青岛。我小说中的人物跟着我由山峦又回到了海洋，这好像是一种宿命的回归。如果说山峦给予我的是勇气和激情，那么大海赋予我的则是宽容的心态和收敛的诗情。在青岛，我对依芙琳的命运进行了重大修改，我觉得让清风驱散她心中所有世俗的愤怒，让花朵作为食物洗尽她肠中淤积的油腻，使她有一个安然而洁净的结局，才是合情合理的。从这点来说，我得感激大海给我的启示。

　　这部长篇出来后，也许有人会问，你写的就是敖鲁古雅的鄂温克人吗？我可以说，是，也不是。虽然这粒种子萌生自那里，但它作为小说成长起来以后，又注入了许多新鲜的故事——虚构的，以及我所了解的一些鄂伦春人的故事。鄂温克族和鄂伦春族在生活习性、自然崇拜以及最终的命运上是那么的相似，而且他们都生活在大兴安岭的莽莽林海中，把他们的命运杂糅在一起，是我的愿望。

感谢《收获》杂志，能给予它肯定。感谢我的责编李国煣对它的赞赏，使它能够首先在我喜欢的杂志上发表。更要感谢的是北京十月文艺出版社的隋丽君女士，这些年她一直在关注我的创作，总是不时打来电话盛情约稿。张洁曾不止一次对我说，把你的长篇给隋丽君吧，她是个特别负责任的编辑！

我还要感谢艾真，不知我演绎的故事她可喜欢？

我非常喜欢贝多芬的《田园交响曲》，前一段看朱伟的一篇乐评，在谈到贝多芬的这部作品时，他用了一个词"百听不厌"，我深有同感。如果说我的这部长篇分为四个乐章的话，那么上部是悠扬浪漫的，如清新的清晨；中部是舒缓安详的，如端庄的正午；到了黄昏，它是急风暴雨式的，斑驳杂响，如我们正经历着的这个时代，掺杂了一缕缕的不和谐音；而到了第四乐章的《尾声》，它应该是一首抒情而又优美的小夜曲。我不知道自己谱写的这首心中的交响曲，是否会有听众？我没有那么大的奢望要获得众生的喝彩，如果有一些人对它给予发自内心的掌声，我也就满足了。

法国古典作家、《博物志》的作者朱尔·勒纳尔曾说过这样的话："神造自然，显示了万能的本领，造人却是失败。"我觉得他对人类有点过于悲观了。人类既然已经为这世界留下了那么多不朽的艺术，那么人类也一定能从自然中把身上沾染的世俗的贪婪之气、虚荣之气和浮躁之气，一点一点地洗刷干净。虽然说这个过程是艰难、漫长的。

我从未对自己的作品说过这么多的话。这篇"跋"，断断续续地写了一周。原因是从山东改稿归来，我一直生病。今天感冒了，明天又得了急性胃肠炎了，身体变得有些虚弱。看来，这部长篇还是使我在不知不觉间透支了体力。

我想起了在青岛改完长篇的那个黄昏，晚饭后，我换上旅游鞋，出了校园，一路向北，沿着海滨路散步。那是一次漫长的散步。我只想不停地走下去，走下去。好像身体里还残存着一股激情，需要以这样的方式释放出去。一个小时过去了，两个小时过去了，我不知疲倦，已经快走到崂山脚下。那时天色已昏，车少人稀，近前的大海灰蒙蒙的了。这时路灯闪烁着亮了。光明的突然降临，使我的腿软了，我再也走不动了。我站在路边，等了很久，才打到一辆出租车。车在畅通无阻的情况下，行驶了近半小时才到达海洋大学的校门，可以想见我走了多远的路。

我下了车，站在路边，回望走过的路。路是蜿蜒曲折着向上的，迤逦的灯火也就跟着蜿蜒曲折着向上。在那个时刻，灯火组成了一级一级的台阶，直达山顶，与天边的星星连为一体。山影和云影便也成了这灯火台阶所经之处可以歇脚的亭台楼阁。

珍　珠
——《白雪乌鸦》后记

有一头猪，一被放到牧场上就开始吃。它并不只是选择上好的草，而是碰到什么就吃什么，肚子撑得溜圆了，鼻子却还贴着地面，不肯离开。大团的阴云悄然移动到牧场上空，眼瞅着暴雨就要来了。喜鹊、火鸡和小马都到橡树下避难去了，猪却头不抬眼不睁地继续吃。只是在冰雹哗啦啦地砸到它身上的一刻，猪嘟囔了一句："纠缠不清的家伙，又把肮脏的珍珠打过来了！"

这是朱尔·勒纳尔《动物私密语》里的一则故事。读它的时候，我刚把《白雪乌鸦》定稿，轻松地与香港大学中文学院的老师和学生，去旺角的几家小书店淘书归来。我买了这本妙趣横生的书，黄昏时分，坐在可以望见一角海景的窗前，安闲地翻阅。读到《猪与珍珠》时，我实在忍不住，独自在寓所里放声大笑！也许是《白雪乌鸦》的写作太沉重了，心底因它而郁积的愁云，并没有随着最后一章《回春》的完结而彻底释放，我笑得一发不可收，把自己都吓着了。

细想起来，我在写作《白雪乌鸦》的时候，跟那头心无旁骛吃草的猪，又有什么分别呢！我只知道闷着头，不停地啃吃，是不管外面的风云变幻的。

有了写作《伪满洲国》和《额尔古纳河右岸》的经验，我在筹备《白雪乌鸦》时，尽可能大量地吞吃素材。这个时刻，我又像那头猪了，把能搜集到的一九一○年哈尔滨大鼠疫的资料，悉数收归囊中，做了满满一本笔记，慢慢消化。黑龙江省图书馆所存的四维胶片的《远东报》，几乎被我逐页翻过。那个时期的商品广告、马车价格、米市行情、自然灾害、街市布局、民风民俗，就这么一点点地进入我的视野，悄然为我搭建起小说的舞台。

当时的哈尔滨人口刚过十万，其中大部分是俄国人。中东铁路开筑后，俄国的政府官员、工程技术人员以及以护路队名义出现的军队，纷纷来到哈尔滨。而中国人不过两万多，且大都聚集在傅家甸。这些来自关内的流民，处于社会生活的底层，出苦力和做小本生意的居多。

　　一九一〇年至一九一一年秋冬之季的东北大鼠疫，最早出现在俄国境内，其后经满洲里，蔓延至哈尔滨。这场由流民捕猎旱獭引发的灾难，到了一九一〇年底，已经呈现失控的状态，哈尔滨的傅家甸尤甚。风雨飘摇中的朝廷，派来了北洋陆军军医学堂帮办伍连德。这位青年医学才俊，虽然在英国剑桥受的教育，但作为甲午海战英雄的后人，他骨子里流淌着浓浓的中国血。举荐他的，是外务部的右丞施肇基。施肇基是在考察槟榔屿时，认识的伍连德。

　　伍连德到达哈尔滨后，在最短的时间内，通过尸体解剖等一系列科学手段，判断此地流行的是新型鼠疫——肺鼠疫。也就是说，这种鼠疫可以通过飞沫传染。他采取了一系列行之有效的防控措施，如呼吁民众佩戴口罩，对患病者厉行隔离，调动陆军实行封城，及至焚烧疫毙者的尸体。虽然清王朝已是暗夜中一盏残灯，但摄政王载沣难得的一次开明，下令焚尸，使东北鼠疫防控现出曙色。

　　然而我在小说中，并不想塑造一个英雄式的人物，虽然伍连德确实是个力挽狂澜的英雄。我想展现的，是鼠疫突袭时，人们的日常生活状态。也就是说，我要拨开那累累的白骨，探寻深处哪怕磷火般的微光，将那缕死亡阴影笼罩下的生机，勾勒出来。

　　动笔之前，我不止一次来到哈尔滨的道外区，也就是过去的傅家甸，想把自己还原为那个年代的一个人。在我眼里，虽然鼠疫已经过去一百年了，但一个地区的生活习俗，总如静水深流，会以某种微妙的方式沿袭下来。那一段时间道外区正在进行改造，到处是工地，尘土飞扬，垃圾纵横，一派喧嚣。我在街巷中遇见了崩苞米花的、弹棉花的；遇见了穿着破背心当街洗衣的老妇人、光着屁股戏耍的孩子、赤膊蹬三轮车的黑脸汉子以及坐在街头披着白单子剃头的人。当然，也在闯入像是难民集中营的黑漆漆的圈楼的一瞬，听见了杂乱的院子中传出的一个男人粗哑的呵斥声：不许拍照，出去！而这些情景，是在我所居住的南岗区极难见到的。在接近道外区的过程中，我感觉傅家甸就像一艘古老的沉船，在惊雷中，渐渐浮出水面。

然而真正让我踏上那艘锈迹斑斑的船的，还不是这些。

有一天，从游人寥落的道台府出来，我散步到松花江畔。江上正在建桥，停着好几条驳船，装载着各色建筑材料。水面的工地，与陆地唯一的不同，就是灰尘小，其他的并无二致，一样的喧闹，一样的零乱。可是很奇怪的，江畔的垂钓者，并没有被水上工地的噪声所袭扰，他们如入无人之境，依然守着钓竿，有的轻哼小曲，有的喝着用大水杯沏的酽茶，有的慢条斯理地打着扇子，还有的用手摩挲着蜷伏在脚畔的爱犬。他们那样子，好像并不在意钓起鱼，而是在意能不能钓起浮在水面的那一层俗世的光影：风吹起的涟漪、藏在波痕里的阳光、鸟儿意外脱落的羽毛、岸边柳树的影子以及云影。我被他们身上那无与伦比的安闲之气深深打动了！我仿佛嗅到了老哈尔滨的气息——动荡中的平和之气，那正是我这部写灾难的小说，所需要的气息。

就在那个瞬间，我一脚踏上了浮起的沉船，开始了《白雪乌鸦》的航程。

我绘制了那个年代的哈尔滨地图，或者说是我长篇小说的地图。因为为了叙述方便，个别街名，读者们在百年前那个现实的哈尔滨，也许是找不到的。这个地图大致由三个区域构成：埠头区、新城区和傅家甸。我在这几个区，把小说中涉及的主要场景，譬如带花园的小洋楼、各色教堂、粮栈、客栈、饭馆、妓院、点心铺子、烧锅、理发店、当铺、药房、鞋铺、糖果店等一一绘制到图上，然后再把相应的街巷名字标注上。地图上有了房屋和街巷，如同一个人有了器官、骨骼和经络，生命最重要的构成已经有了。最后我要做的是，给它输入新鲜的血液。而小说血液的获得，靠的是形形色色人物的塑造。只要人物一出场，老哈尔滨就活了。我闻到了炊烟中草木灰的气味，看到了雪地上飞舞的月光，听见了马蹄声中车夫的叹息。

然而写到中途，我还是感觉到了艰难。这艰难不是行文上的，而是真正进入了鼠疫情境后，心理无法承受的那种重压。这在我的写作中，是从未有过的。写作《额尔古纳河右岸》

时，尽管我的心也是苍凉的，可是那支笔能够游走在青山绿水之间，便有一股说不出的畅快；而写作《白雪乌鸦》，感觉每天都在送葬，耳畔似乎总萦绕着哭声。依照史料，傅家甸鼠疫死者竟达五千余人！也就是说，十个人中大约有三个人死亡。我感觉自己走在没有月亮的冬夜，被无边无际的寒冷和黑暗裹挟了，有一种要落入深渊的感觉。我知道，只有把死亡中的活力写出来，我才能够获得解放。正当我打算停顿一段，稍事调整的时候，中秋节的凌晨，一个电话把我扰醒，外婆去世了。

虽然已是深秋了，但窗外的晨曦依然鲜润明媚。我不知道去了另一世界的外婆，是否还有晨曦可看？她的辞世，让我觉得一个时代离我彻底远去了，我的童年世界永久地陷落了。

我乘当日午后的飞机回乡奔丧。时至深秋，哈尔滨的风已转凉了，但阳光依然灿烂；可当飞机飞越大兴安岭时，我看见山峦已有道道雪痕。那银白的雪痕如同条条挽幛，刺痛了我的心。我终于忍不住，把脸贴在舷窗上哭了。就是在这苍茫的山下，七八岁的我，跟外婆在黑龙江畔刷鞋时，看见了北极光；也是在这苍茫的山下，隆冬时分，我跟外婆去冰封的大江捕过鱼。外婆将活蹦乱跳的狗鱼扔给大黄狗吃的情景，我还清晰记得。捕鱼的夜晚，因为吃了鱼，外婆和我的嘴巴是腥的，大黄狗的嘴巴也是腥的，整座房子的气息都是腥的，可那是多么惹人喜爱的腥气呀。

　　外婆的遗容并不安详，甚至有点扭曲，可见她离世时，经历过痛苦的挣扎。这样的遗容，让人撕心裂肺。北极村已经很冷了，中秋的夜晚，我站在院子中给外婆守灵的时候，不时抬眼望着天上的月亮，总觉得外婆选择万家团圆的日子离去，有什么玄机在里面。那晚的月亮实在太明净了，明净得好像失了血色。我想大概是望月的人太多了，数以亿计的目光伤害了它。午夜时分，月亮周围竟然现出一团一团的彩云，我明白了，那晚的月亮是个新娘，飞来的彩云则是它的嫁衣。外婆可能在这个日子变成了一个花季少女，争着做月亮的伴娘去了。

　　中秋节的次日，北极村飘起雪来。起先我并没有留意到园田中的山丁子果，也没有留意到大公鸡。雪花一来，天地一水地白了，树上的红果子，就从雪幕中跳出来了。它们像微缩了的红灯笼，明媚地闪烁着；再看雪地，也有鲜艳的颜色在流动，那是几只羽翼斑斓的大公鸡在奔跑。想着外婆停灵于明月之下，飞雪之中，想着她一手抓着把好月光，一手抓着把鹅毛大雪上路，天宫的门，该不会叩不开的吧？这样一想，我的心便获得了安慰。

　　难言的哀痛和突袭北极村的寒流，使我大病一场。料理完外婆的丧事回到哈尔滨后，我开始发烧咳嗽。咳嗽在白天尚轻，到了夜晚，简直无法忍受，暴咳不止，难以安眠。镇咳药几乎吃遍了，却毫无起色。我感觉五脏六腑仿佛移了位，不知道心在哪里，肝和肺又去了哪里，脑袋一片混沌，《白雪乌鸦》的写作被迫中断。

病在我身上缠磨了大约半个月，见我对它一意驱赶，终觉无趣，抽身离去了。重回长篇的我，不再惧怕进入鼠疫的情境了。看来哀痛与疾病不是坏事，它静悄悄地给我注入了力量。

春节前夕，初稿如愿完成了。我带着它回到故乡，轻松地过完年后，正月里对着窗外的白雪，飞快地改了一稿，算是对它的一次草草"检阅"。而细致地修改它，则是三月到了香港大学以后。我与中文学院沟通，将我在校两个月的活动调整在前半个月，这样集中完成了系列讲座后，我有整块的时间可以利用，他们慨然应允。

进入四月，我又踏上了《白雪乌鸦》的航程。这次的修改，虽然没有大动干戈，但为了更切合人物命运的发展，我对其中的个别情节设置，还是做了调整和更改。因为时间充裕，在语言上也是字斟句酌，反复打磨。这种不急不躁的润色，让人身心愉悦。

从我在港大的寓所到维多利亚港，步行一刻钟便到了。工作一天，我常常在黄昏时分，去海边散步。海面上除了往来的巨型客轮和货船，还有清隽的私人游艇；而海湾上空，常常有小型私人飞机掠过。然而我最羡慕的，不是豪华游艇和私人飞机，在我眼里，那不过是表面和刹那的繁华；最吸引我目光

的，是海上疾飞的鹰！鹰本来是山林和草原的动物，不知什么
原因，它们精灵般地闪现在维多利亚港。它们好像携来了北方
的气流，每每望见它们，我都仿佛听到了故乡苍凉而强劲的风
声，无比惊喜！我羡慕它们钢铁般的翅膀，羡慕它们可以四海
为家，羡慕它们在天地间的那种傲然而雄劲的姿态。在维多利
亚港，这些鹰无疑就是滚动在天上的黑珍珠，熠熠生辉！人们
啊，千万记住，要是遗弃了这样的珍珠，就是错过了这世上亘
古的繁华！

　　《白雪乌鸦》完成了，我踏上的那艘百年前的旧船，又沉
入浩渺的松花江了。我回到岸上，在长夜中独行着。四野茫
茫，世界是那么的寒冷，但我并不觉得孤单。因为我的心底，
深藏着一团由极北的雪光和月光幻化而成的亮儿，足以驱散我
脚下的黑暗。我愿意把这部作品，献给始终伴我左右的精神家
园——"龙兴之地"。只希望它在接纳的一瞬，别像那头贪吃
的猪埋怨我："纠缠不清的家伙，又把肮脏的珍珠打过来了！"

每个故事都有回忆

　　二○○一年八月下旬，我和爱人下乡，在中俄边境的一个小村庄，遇见一位老人。我在当年的日记中这样记载："进得一户农家，见到一位七十多岁的老人，他衣衫破烂，家徒四壁，坐在一块木板上，望着他家菜园尽头苍茫的黑龙江水……他对我说他是攻打四平的老战士，负伤时断了三根肋骨，丢了半叶肺，至今肺部还有两片弹片未取出来。他说'文革'时他挨批斗，揍他的人说，别人打江山都成烈士了，你能活着回来，肯定是个逃兵！老人说到此事气得直哆嗦。他说政府每月只给他一百多块的补助，连饭都不够吃，前几天他刚赊了一袋米回来。老人的儿媳埋怨老人这种状况无人关照，前两年有记者来访，走后也是不了了之。我觉得很悲凉，一个打江山的人，是不该落得如此下场的。我给了他一点钱，他坚决不收，说毛主席教导我们，不拿群众一针一线。我说这只是让你买袋米的钱，他这才泪汪汪地收下。"

我还记得从那儿回来后，我爱人联系这座村庄所属县域的领导朋友，请他们了解和关注一下老人的事情。不久后他还跟我说，事情有了进展。可是八个月后，他在归乡途中遭遇车祸，与我永别！与爱人相关的人和事，在那个冰冷的春天，也就苍凉地定格了！直到几年前，我听说某驻军部队的一名年轻战士，因陪首长的客人，在游玩时溺亡，最终却被宣传成一个救落水百姓的英雄，这个故事，唤醒了我对那位老人的记忆，也唤醒了我沉淀着的一些小说素材。

爱人不在了的这十二年来，每到隆冬和盛夏时节，我依然会回到给我带来美好，也带来伤痛的故乡，那里还有我挚爱的亲人，还有我无比钟情的大自然！社会变革过程中产生的各类新规在故乡施行所引发的震荡，我都能深切感受到。

比如火葬场的建立，在它开工之初，很多老人就开始琢磨着死了。因为那里的风俗，七十岁以上的老人，大都为自己备下了一口木棺材，而火葬场的烟囱一旦冒烟，他们故去，就不能带棺材上路了。我还记得火葬新规是那年十月一日生效的，在此之前，民政部门的工作人员，对那些濒临死亡的老人做了

普查，告知亲属，凡是死在这个日期之后的，必须火葬，棺材
要么自己处理掉，要么上缴，统一焚毁。我姐夫的母亲，由于
心肺功能严重衰竭，昏迷多日，仅靠氧气维持微弱的生命。医
生都以为她活不过九月的，家人也为她打下棺材，可她却顽强
地挺到十月一日，成为那座小城火葬的第一人。只因多活了一
天，她的棺材只得劈了，作为烧柴，让儿女们痛心不已！那天
送她的人很多，人们都围着焚尸炉转，想看看它是怎么烧人的，
因为那儿也是他们最终的去处啊。活过那个日子的老人们，对
有朝一日会被装进骨灰盒充满恐惧。我外婆在世时，提起火葬
就咋舌，埋怨自己活得长，不能带着棺材去见我外祖父了。

　　处决死刑犯改为注射死亡法，在老百姓中也引发了不少的
议论。有人说，杀人偿命不用吞枪子了，死刑犯死得舒服了，
是不是杀人的罪犯就会多了？我知道在山间法场发生的故事，
即将消失，在回乡过年时，特意去采访老法警，他们讲述的那
些裹挟在死亡中的温暖故事，令人动容。我母亲当时还冲我撇
嘴，说大过年的，采访杀人的事做什么？

　　一个飞速变化着的时代，它所产生的故事，可以说是用卷
扬机输送出来的，量大，新鲜，高频率，源源不断。我在故乡
积累的文学素材，与我见过的"逃兵"和耳闻的"英雄"传说
融合，形成了《群山之巅》的主体风貌。

　　对这样一部描写当下，而又与历史有着千丝万缕纠葛的作

品，以哪种形式进入更适合呢？我想到了倒叙，就是每个章节都有回忆，这样方便我讲故事，也便于读者阅读。

闯入这部长篇小说的人物，很多是有来历的，比如安雪儿。离我童年生活的小镇不远的一个山村，就有这样一个侏儒。她每次出现在我们小镇，就是孩子们的节日。不管她去谁家，我们都跑去看。她五六岁孩子般的身高，却有一张成熟的脸，说着大人话，令我们讶异，把她当成了天外来客！她后来嫁了人，生了孩子。我曾在少年小说《热鸟》中，以她为蓝本，勾勒了一个精灵般的女孩。也许那时还年轻，我把她写得纤尘不染，有点天使化了。其实生活并不是上帝的诗篇，而是凡人的欢笑和眼泪，所以在《群山之巅》中，我让她从云端精灵，回归滚滚红尘，弥补了这个遗憾。

再比如辛七杂。在我们小城，有个卖菜的老头，我们家一直买他种的菜。有年春天他来找家，问我们想要多少土豆、白菜和萝卜做越冬蔬菜，他下种的时候，心里好有个数。他肤色黝黑，留着胡子，裤子和鞋上尽是泥，但面目洁净。那天太阳好，他站在院子里，说着说着话，忽然从腰间抽出烟斗，又从裤兜摸出一面凸透镜，照向太阳，然后从另一个裤兜抽出纸条，凑向凸透镜，瞬间就把太阳火引来了，点燃烟斗，怡然自得地抽着。我问他为什么不用打火机或是火柴，他撇着嘴，说天上有现成的火不用，花钱买火是傻瓜！再说了，太阳火点的

烟,味道好!所以这部作品的开篇,我让辛七杂以这样的方式
亮相。

辛七杂一出场,这部小说就活了,我笔下孕育的人物,自
然而然地相继登场。在群山之巅的龙盏镇,爱与痛的命运交响
曲,罪恶与赎罪的灵魂独白,开始与我度过每个写作日的黑暗
与黎明!对我来说,这既是一种无言的幸福,也是一种身心的
摧残。

伏案三十年,我的腰椎颈椎成了畸形生长的树,给写作带
来病痛的困扰。再加上更年期的征兆出现,满心苍凉,常有不
适,所以这部长篇我写了近两年,其中两度因剧烈眩晕而中
断。记得去年夏天写到《格罗江英雄曲》时,我在故乡,有一
个早晨,突然就晕得起不来了,家人见状吓坏了,不许我写
作,说:是命要紧,还是小说要紧?我躺在床上静养的时候,
看着窗外晴朗的天,心想:世上有这么温暖的阳光,为什么我
的世界却总遇霜雪?无比伤感。想想小说中那些卑微的人物,
怀揣着各自不同的伤残的心,却要努力活出人的样子,多么不
易!养病之时,我笔下的人物也跟着"休眠",我能更细致地
咀嚼他们的甘苦。

从第一部长篇小说《树下》开始,二十多年来,我在持续
的中短篇写作的同时,每隔三四年,会情不自禁地投入长篇的
怀抱。《伪满洲国》《越过云层的晴朗》《额尔古纳河右岸》《白

雪乌鸦》等，就是这种拥抱的产物。有的作家会担心生活有用空的一天，我则没有。因为到了《群山之巅》，进入知天命之年，我可纳入笔下的生活，依然丰饶！虽说春色在我面貌上，正别我而去，给我留下越来越多的白发，和越来越深的皱纹，但文学的春色，一直与我水乳交融。

与其他长篇不同，写完《群山之巅》，我没有如释重负之感，而是愁肠百结，仍想倾诉。这种倾诉似乎不是针对作品中的某个人物，而是因着某种风景，比如滔天的大雪，不离不弃的日月，亘古的河流和山峦。但或许也不是因着风景，而是因着一种莫名的虚空和彻骨的悲凉！所以，写到结尾那句"一世界的鹅毛大雪，谁又能听见谁的呼唤"时，我的心是颤抖的。

长篇完稿，并不是画上真正的句号了。我将稿子传给了我始终喜爱的《收获》杂志，人民文学出版社的杨柳，以及九久读书人的杜晗。杨柳率先检阅了它，对它给予肯定，给我吃了颗定心丸。接着是杜晗，她说喜欢这部长篇的气韵。我静心等待《收获》的意见，程永新编务繁忙，直到中秋假日，他才抽出时间，集中精力读完这部长篇。他在邮件中写道："你的小说构建了一个独特、复杂、诡异而充满魅力的中国北世界……"只这一句，我觉得所有的付出都值得了。在出版之前，最后一个读它的是李小林老师。她既是我尊敬的编辑家，又是一位能够交心的朋友，她的艺术感觉一直那么敏锐。她在读完作品后，与我有过电话长谈。她欣赏它，但针对其中一章，提出了非常有见地的意见。这样我综合编辑们的意见，在十月又改了一稿，在落叶声中，终于将它定稿了。

尽管如此，我知道《群山之巅》不会是完美的，因为小说本来就是遗憾的艺术。但这种不完美，正是下一次出发的动力。

让我在五十岁的秋天，以一首小诗来结束《群山之巅》之旅吧：

如果没有地壳亿年前的剧烈运动，
没有能摧毁和重建一切的热烈熔岩，
我们怎能有与山川草木同呼吸的光辉岁月！
激烈的碰撞和挤压，
为大地插上了山峦的翅膀，
造就了它的巍峨！

也许从来就没有群山之巅，
因为群山之上还有彩云，
彩云之上还有月亮，
月亮背后还有宇宙的尘埃，
宇宙的尘埃里，
还有凝固的水，燃烧的岩石

和另一世界莫名的星辰！

星辰的眸子里，

盛满了未名的爱和忧伤！

如果心灵能生出彩虹，

我愿它缚住魑魅魍魉；

如果心灵能生出泉水，

我愿它熄灭每一团邪恶之火；

如果心灵能生出歌声，

我愿它飞越万水千山！

我望见了——

那望不见的！

也许那背后是银色的大海，

也许是长满神树的山峦，

也许是倒流的时间之河，

也许是无垠的七彩泥土，

心里身外，

天上人间，

一样的花影闪烁，

一样的五谷丰登！

《迟子建作品精华·日记卷》序

　　一个人开始写日记了，说明他（她）渐渐有心事了。有心事不是坏事情，因为整天笑嘻嘻四处遛街的傻子才没心事。心事是秘密，当然不能四处张扬，所以要悄悄地倾诉给自己。日记就仿佛是一个只有你掌握着门锁钥匙的老房子，你随时随地都可以走进其中。关上门后，你可以在里面放肆地大笑或者痛哭失声，那屋子的陈设和窗上的天光都是你自己的，不必担心它们会嘲笑你。当然，日记还像一个与你前世有缘的情人，你对它有天然的信任感和亲近感，什么都乐意说给它听。

　　我从高中时开始记日记，某个讨厌的老师，某一次排球比赛的失利，某一天的电闪雷鸣、滂沱大雨，某一个冬夜在有月光的冰面上滑冰，某顿难忘的美食，某个黄昏散步到墓地的感觉，等等等等，都成了我记叙的内容。上师专二年级时，有一天我发现自己的日记从书桌里不翼而飞，一时急得虚汗淋漓，仿佛被人掏了心一样，有一种空荡荡的感觉。原来日记被一个同学偷去了，她在一天上早自习时用我日记中的某些"秘密"来恫吓我，我才明白是她把我的日记安上了翅膀。我把此事报告给班主任，由老师把它讨回。老师还我日记时，这日记用一个硕大的牛皮纸袋包裹着，外面还封了口。老师申明这日记一到了他手中他就把它封上口了。我记得提着纸袋回到宿舍后，把它从中取出来的一瞬，竟有一种深深的嫌恶感，仿佛是看到一个好端端的女孩子出去学坏了一样。我不再喜欢这本日记，虽然我明白它是无辜的。同时，再记日记时，总觉得背后有人在窥视我，令我战战兢兢的。

我学生时代的日记本中还夹杂着一些植物标本，那些形形色色的绿色植物都是在旺盛的生长期被放进去的，它们在窒息的一刻把体内最浓郁的汁液吐出来，所以日记上有斑斑霉点，它们使某些句子残缺不全。我想只要你给予它们坟墓了，它们也必然要给你设置坟墓，那泪痕般的霉点就是证明。从此后再不敢把还有呼吸的绿叶压在里面。

日记严格来说是一种私人文体，它不适宜发表，能够发表的日记就已经在真实性上大打折扣。但如果我们把它们当成日记体的随笔来看待时，它的出现又有了某种合理性。

《我伴我走》所收录的日记，基本上是一九九六年发表在《漓江》"名人日记"专栏中的。在一九九六年召开的中国作家协会第五次全国代表大会上，陈思和先生把上海人民出版社的张珏女士引见给我，她看了我在《漓江》上所开的专栏日记，有意要把它收入出版社正在陆续推出的"名人日记"丛书。我犹豫了一番，同意了这个计划。之所以犹豫，是不太想让这个太私人化的文体为更多的人所知。但我转而一想，这其中毕竟记录了一些我对生活、艺术、爱情的真实看法，也许会帮助那些熟悉我小说的读者更为了解我的点滴内心生活，把它出版似也无可厚非。接下来遇见的问题是，由于字数不够一本书的厚度，出版社让我再加进几万字的内容，而我觉得为着出书来补充日记了无情趣，于是没有兴致去做这事，它便被搁置下来了。在接下来的一九九八和一九九九的两年时间里，我全力以赴进行长篇小说《伪满洲国》的写作，连日记也少记了，直到从《伪满洲国》里跋涉出来，才又断断续续地写起了日记。今年初，张珏女士又提出了这本日记的出书计划，在她的说服下，我答应增添一部分新写的日记。此后不久，中国青年出版社社长胡守文先生和《青年文学》主编李师东先生跟我谈，想出我的一套作品精华系列。因为我还从来没有在中青社出过书，而且《青年文学》又是一个伴着我写作成长的刊物，所以当我九月赴杭州再见李师东，他郑重跟我谈出书的计划时，我终于决定把这本几经反复和犹豫的书交与中国青年出版社出版。在此，我向张珏女士表示深深的歉意。

记得在一九九六年《漓江》的最后一期，我写了一个结束语，今天我愿意把它抄录在此：

> 应《漓江》之邀，开了一年的专栏日记。六期中记录了多少个日子，我已无从计算。我只知道日子对每个人来讲都不一样，我的日子相对朴素平淡、较少波澜。
>
> 写日记这种纯私人的行为一旦成为公开的话题时，日记的最本质的属性也就消失了。我未能免俗地在摘抄欲发表的日记时做了一些删节。好在爱恨在心头，冷暖自知。

我觉得这段话如今仍然是我最想说的。

当我翻阅以前的日记时，我看到了那个爱伤感而又自尊的自己，看到了我那颗敏感而又宁静的心，看到了我的脆弱和坚强。我一点都不为这些忧伤甚至有些颓废的情绪感到脸红，因为那是我青春时代的一段难忘的心路历程。

其实真正能与自己相伴一生的，只能是自己。日记便是我伴我走的一个证明。我可以搀扶我、批评我；我可以使我获得力量和自省。我能成为我梦想的最有力的支持者。"我"有两个，一个在现实中，一个在梦想中，这两个"我"对我缺一不可，谁也不可能替代谁。在尘埃中惆怅的我，总是能获得生存在梦想中的"我"的抚慰；同时，梦想中的"我"心田干涸的时候，又会获得现实中的我所赐予的人间雨露的滋养。如此，我走在人生之路时才能从容不迫。

月亮升起来了，另一个"我"出来了，它静悄悄地走着，把脚印化成日记上的一行行字，使我在多少年后，仍能看到它那新鲜如初的印痕。

那个唱着说话的地方在哪儿

我的童年，是在大兴安岭的山野中度过的。由于地广人稀，我认识的动植物比人要多。老人们说故事的时候，动植物常常是人的化身，所以我从小就把它们当人看。我会跟猫狗说话，跟樟子松和百合花说话，跟春天的飞鸟和秋日的蘑菇说话。我一直梦想着有朝一日写本童话，把我跟它们说过的话写出来。

那时在我眼里，世界就是我们的村庄！这个世界的美好是短暂的，春天一闪即逝，冬天无比漫长。我被寒流鞭笞的日子，远比闻花香的日子多得多。而这个世界的故事是说不完的，夜晚偎在火炉旁，老人们总有传奇故事可讲，那些神仙鬼怪故事，令我无限惊奇和遐想。

　　春天往农田运粪肥，夏天铲地拉犁杖，秋天起土豆，冬季拉烧柴，这些是我童年做过的季节性的大活。小活就多得数不过来了，劈柴挑水，喂猪喂鸡，洗衣做饭，晒干菜糊窗缝，擦屋子扫院子叠被子，等等等等。做这些看似枯燥的活儿时，也有浪漫的事情发生。比如夏季铲地，在野地采酸木浆解渴时，顺便会采一把野花，回家栽在罐头瓶里，照亮我们的居室。劈柴的时候，我不止一次从松木桦子里劈出肥美的白虫子，这时我会眼疾手快捉住它，喂给鸡吃，鸡再看你时，眼神都是温柔的了！拉犁杖的时候呢，犁铧往往把土里的蚯蚓给掘出来了，在后面扶犁杖的父亲见了，会把蚯蚓捡起，放进盛着土的铁皮盒里，这是上佳的鱼饵。我们家有一根鱼竿就放在地头的草丛中，随用随取。田地旁的水泡子是死水，钓上的鱼有土腥味，但我们有办法征服它，我们把鱼剁碎了，炸鱼酱吃！大酱雄赳赳的咸香气，将腥味这个捣蛋鬼收编了，鱼酱鲜香可口，上了餐桌，总会被我们一扫而光！而拉烧柴的时候呢，总能在雪地看见奔跑的雪兔，要是逮着它们，家里的灶房会飘出炖肉的香气不说，我们还有漂亮的兔毛围巾可戴了！当然，最美妙的活计，是采山。夏季采都柿和水葡萄时，逢着粒大饱满、果实甘甜的，我总要先填到自己肚子里，吃得心满意足了，再填充带去的容器。都柿可以酿酒，吃多了会醉。有一年我跟人采都柿，挎着都柿桶回村时，摇摇晃晃的——不是桶太沉了，而是我吃醉了。被果实醉晕的感觉真好，那时大地成了天空，而我成了一朵云。

当然，我们的童年，也有忧伤，也有对死亡的恐惧，也有离愁。那时有老人的人家，几乎家家院子都备下一口棺材。月光幽幽的晚上，我经过这样的棺材前时，就会头皮发麻。最恐怖的是那些英年早逝的人，他们未备棺材，这时寂静的山村，就会回荡起打棺材的声音，那种声音听起来像鬼在叫。而所有的棺材，总是带着我们熟悉的人，去了山上的墓园，不再回来。这让我自小就知道，原来生命在某一年不是四季，而是永无尽头的冬天。进了这样的冬天，就是与春天永别了。

九久读书人的陈丰女士策划出版"我们小时候"这套丛书，使我有机会回望和打量自己走过的路。书中的篇章，写作时间不同，但它们却有一个清晰的指向，那就是我的童年。而童年的光影，在我心中从未暗淡过，因为它永远是生命中最明亮的部分。

记得小时候，有一年夏天，我从山村步行到县城，看了场电影《沙家浜》。里面的人物对话时，咿咿呀呀地唱，所以我认定沙家浜那地方的人，说话要唱着说。我一回到家就问父亲：电影里那个唱着说话的地方在哪儿？

父亲笑了，全家人都笑了。

几十年过去，我却还抱有童年的幻想，希望在这世界的某个角落，有一群人，唱着说话。不论他们唱出的是悲歌还是喜歌，无疑都是满怀诗意的。可是，那个唱着说话的地方在哪儿呢？

好书

如寂寞开放的

樱花 _____

每一本看过的书，都
是一片谢了的花瓣。

窗里窗外的世界

　　哈尔滨是一座缺少绿地的城市，所以在这里是没有草地上的阅读的。我所渴望的在假日中带着一本书，能够懒洋洋地坐在草地上的阅读也就只能成了一种奢望。好的读书坏境应该是与自然联系在一起的，可是在拥挤、喧闹的城市里，你只能蜗居在家里读书。

　　从鲁迅文学院毕业后到哈尔滨工作，正是二十世纪九十年代初期。脱离了北京那种躁动的生活环境，哈尔滨的相对宁静让我觉得格外舒适。在北京的三年中，读了很多"热点"和"潮流"中的作家作品，比如马尔克斯、劳伦斯、米兰·昆德拉等。那些作品完全是由于大家一致叫好而跟着去阅读的，其实读后觉得他们并不像人们推崇的那么伟大。

　　我刚来哈尔滨时，住在黑龙江省图书馆附近。那时我就有了创作长篇小说《伪满洲国》的动机。我在省图办了一个借阅证，每周都要去那里几次，查阅关于"伪满洲国"的相关资料，做了大量笔记。有的时候懒得回家做饭，从省图出来就进了附近的小餐馆，吃上一盘水饺，或者是一个玉米面菜团子。街市是热闹的，可人一旦进入读书状态，所有的热闹似乎都与己无关了。由于沉浸在对"伪满洲国"的幻想中，所以我常常觉得街上的行人穿的是长袍马褂，某个门脸俗艳的铺子是那个时代的妓院，有点"不知今夕何夕"之感。在留意"伪满洲国"相关资料的同时，我也阅读其他的书籍。我发现，人越是独自面对生活，越是会有独特的判断力。这时我已经不喜欢读那些人云亦云的"潮流"中的书籍了，我重拾经典著作，读《红楼梦》《三国演义》《复活》《包法利夫人》《神曲》《红与黑》《悲惨世界》《鱼王》等作品，同时也读安徒生、格林的一些童话作品，觉得它们真是好，它们的魅力有如陈年老酒，愈久愈醇。读书之余，有的时候也到外面走一走，最常去的是松花江边，我喜欢黄昏时去，倚着江畔的栏杆看落日。落日浸在江水中时，水面的波光就会变成金黄色，好像江上游着一群一群的金鱼。

　　哈尔滨有"冰城"之称，它一年之中大约有半年时间是在冬天。冬天更是读书的好时节。夜晚，你坐在灯下，听着北风在窗棂上呜呜地叫，感受着室内有如春天般的温暖，你随便拿起一本书来，都会有一种无与伦比的幸福感。尤其是下雪的日子，你坐在窗前，看着窗外飘飞的雪花，手中握着一卷书，会更加地思绪翩翩。这种时候你会想起叶芝的诗："当你老了，头白了，睡思昏沉，炉火旁打盹，请取下这部诗歌慢慢地读，回想你昔日眼神的柔和……"所以我每年创作力最旺盛的季节，就是冬季，大自然进入了休眠状态，再没有绿树红花了，但我的思维却空前活跃起来，不仅创作激情飞扬，而且爱大量地读书。我的枕畔，常同时摆着好几本书。比如读累了乔伊斯的《尤利西斯》，我会马上拿起辛弃疾的诗词；被《日瓦戈医生》的沉重而压抑得要出现失眠的感觉时，赶紧读两篇周作人的散文。中国那些好的文学作品，从来都不乏优雅、闲适的气息。好的文字对我来说就是一片片飘舞的雪花，让人赏心悦目、滋润心田。

哈尔滨是个四季分明的城市。春天，你能感受到暖融融的微风；夏季，雷声常在城市的上空响起；秋季，林荫道上会堆积着金黄色的落叶；而冬季，这城市在雪中看上去一派苍茫。读书写作之余，到道里的中央大街踏着青色的石子路走上一程，随便踅进哪家咖啡馆呷上一杯咖啡，你会有一种格外温存的感觉。当然，你还可以到索菲亚大教堂去，看着教堂的建筑，你会联想到那些总是给人带来一股博大、忧伤之气的俄罗斯文学。不过，在哈尔滨，这样的老街老建筑在二十世纪九十年代初疯狂的"动迁"建设中折损不少，好在现在政府意识到了历史遗迹对一座城市文化积累的重要性，使一些老建筑"幸免于难"。

我们在窗里读书，在窗外阅读这座城市。窗里与窗外的世界有时是隔绝的，有时又是相互联系的。总在窗外流连，人就不容易走进"自我"，缺乏一个作家所应具有的内心生活，容易使艺术陷入平庸和世俗的泥潭；可是固执于在窗里营造自己的那种"阳春白雪"般的读书生活，又容易脱离了琐碎却又朴素、喧闹却又透露着温馨之气的现实生活，使艺术成为"空中楼阁"。对一个作家来讲，窗里与窗外的生活都不可或缺。

我在阅读这座城市的时候，它也在悄悄阅读我。我阅读它的风霜雨雪，它阅读我的喜怒哀乐。虽然在这里没有浪漫的草地上的阅读，我一样觉得愉悦。

枕边的夜莺

　　我喜欢躺着读书，这个习惯的养成已有二十多年了，从枕边掠过的书，自然是少不了的。

　　十七八岁，我读师专的时候，开始了真正的读书。每到寒暑假，最惬意的事情，就是躺在故乡的火炕上看书。至于读了些什么，已经记不清了，但读书的氛围却历历在目。夏天时，闻够了墨香，我会敞开窗子，嗅花圃搅起的一波一波的香气；冬天时，窗外的北风吹得窗纸唰啦啦响，我便把书页也翻得唰啦啦响。疲倦的时候，我会撇下书，趴在窗台上看风景。窗外的园田被雪花装点得一片洁白，像是老天铺下来的一张纸。

　　如果说枕头是花托的话，那么书籍就是花瓣。花托只有一个，花瓣却是层层叠叠的。每一本看过的书，都是一片谢了的花瓣。有的花瓣可以当作标本，作为永久的珍藏；有的则因着庸常，随着风雨化作泥了。

这二十多年来，不管我的读书趣味发生了怎样的变化，有一类书始终横在我的枕畔，就像一个永不破碎的梦，那就是古诗词。夜晚，读几首喜欢的诗词，就像吃了可口的夜宵，入睡时心里暖暖的。

我最喜欢的词人，是辛弃疾。一句"青山遮不住，毕竟东流去"，让我对他的词永生爱意，《稼轩集》便是百读不厌的了。屈原、李白、杜甫、白居易、李商隐、陆游、苏轼、李清照、李煜、纳兰性德、温庭筠、黄庭坚、范仲淹，也都令我喜爱。有的时候，读到动心处，我会忍不住低声吟诵出来，好像不经过如此"咀嚼"，就愧对了这甘美至极的"食粮"似的。

我父亲最推崇的诗人，就是曹植了。因为爱极了他的《洛神赋》，我一出生，父亲就把"子建"的名字给了我。长大成人后，我不止一次读过《洛神赋》，总觉得它的辞藻过于华丽，浓艳得有点让人眼晕。直到前几年，我的个人生活遭遇变故，再读《洛神赋》，读出了一种朴素而凄清的美！洛水上的神仙宓妃，惊鸿一现，顷刻间就化作烟波了。"悼良会之永绝兮，哀一逝而异乡"，"恨人神之道殊兮"，这才是曹植最想表达的。他以短短一曲《洛神赋》，写出了爱情的短暂、圣洁、美好，写出了世事的无常。我真的没有想到，曹植在诗中所描述的一切，正是我此刻的感悟，原来父亲早就知道，幻影才是永恒的啊！所以现在读《洛神赋》，别有一番滋味在心头！

中国的古典诗词，意境优美，禅意深厚，能够开启心智。当你愤慨于生活中的种种不公，却又无可奈何时，读一读黄庭坚的"贤愚千载知谁是？满眼蓬蒿共一丘"，你就会获得解脱。而当你意志消沉、黯然神伤时，读一读张若虚的《春江花月夜》，你就会觉得所有的不快都是过眼云烟。从这个意义上说，那些古诗词就是我枕畔的《圣经》。

这些伟大的诗人，之所以能写出流传千古的诗句，在于他们有着对黑暗永不妥协的精神。他们高洁的灵魂，使个人的不幸得到了升华。杜甫评价李白时，曾满怀怜惜和愤懑地写道："敏捷诗千首，飘零酒一杯。"而这也是那个时代许多诗人坎坷命运的真实写照！个人的生死，在他们眼里，不过草芥，所以他们的诗词才有着大悲悯、大哀愁，这也是我深深喜爱他们的原因。

无论是读书还是写作，我们都在经历着一个前所木有的喧嚣时刻。能够保持一份清醒和独立，在读书中去伪求真，去芜存菁，并不是一件容易的事。我的枕畔，也曾有过名声显赫却难以卒读的书，但它们很快就从我的记忆中消失了。能够留下的，是鲁迅，是《红楼梦》，是《牡丹亭》《聊斋志异》，是雨果和陀思妥耶夫斯基，等等，这些人的书和这些作品可以一读再读。它们不会随着时光的流逝而变旧，它们是日出，每一次出现都是夺目的。

我常想，我枕边的一册册古诗词，就是一只只夜莺，它们栖息在书林中，婉转地歌唱。它们清新、湿润，宛如上天洒向尘世的一场宜人的夜露。

好书如寂寞开放的樱花

一六一六年四月二十三日的夜空，一定超乎寻常地灿烂。生不同时的塞万提斯和莎士比亚，在同一个日子离世。当两颗文学巨星相逢于天国之际，我想天堂也会落泪吧。

这个充满玄机的四月二十三日，在一九九五年，被联合国教科文组织命名为"世界读书日"。

今年，已经是第十六个"世界读书日"了。

央视《子午书简》的制片人李潘，这个我戏称为"潘娘子"的爱书人，在三月底就打来电话，说是策划了一期特别节目《书香中国》，想请几个作家来谈谈读书。

于是，我来到了四月的北京。

　　节目录制点在大兴的星光梅地亚。那天北京黄沙漫天，从机场高速乘车去大兴，感觉是来到了大西北，说不出的苍凉。大兴正在"大兴"土木，到处是工地。一个到处是工地的地方，就像一台音质不好的半导体，嘈杂不堪，是旅人最不喜欢的。

　　入住酒店后，简单吃了点东西，天色已昏。因为空气不好，惯例的傍晚散步，也就取消了。我躺在床上翻闲书的时候，走廊里忽而传来"咿呀"的练歌声，忽而又传来乐器的演练声，感觉自己是睡在一架破旧的钢琴上，稍一不慎，触碰了哪个键子，它就会喑哑地叫起来。

　　后来窗外的风，加入了这夜晚的合唱。听着越来越强劲的风声，我的心明朗起来。北京的朋友对我说，只要前一夜刮大风，第二天这个城市就有蓝天可看啦！

　　果然！次日风住了，晴空如洗！早饭后我迫不及待地出去散步，发现院子里有很多花树。桃花谢了满地，像是哪个姑娘洗了几条银粉的丝巾，晾晒在桃树下而忘了收，看上去皱皱巴巴的，却还带着一股抹不去的芳华，惹人怜爱；红色的榆叶梅正在盛时，花容娇艳；西府海棠和初放的紫丁香，香气蓬勃。最令我兴奋的，是一条小路上，竟然栽种着一排樱花，大约有二三十株！半个多月前，我小说的日文翻译者，从东京发来一张怒放的樱花的图片，上面附言"国破了，但樱花开了"，勾起了我看樱花的欲望。没想到我竟在大兴的星光梅地亚，与樱花不期而遇！

日本民谚有"樱花七日"之说，说明樱花花期之短。我眼前的樱花，想来开了一周了吧，虽然枝条上的花朵依然生动，但树下已积了厚厚一层的花瓣了。如果说樱花是一支燃烧的蜡烛的话，那么边开边谢的花瓣，就是它洒下的烛泪了。那些重瓣的樱花，粉红色，团团簇簇，比朝霞还要鲜润。你盯着一朵花美美地赏着时，突然微风搅动了花心，花瓣便像云朵一样游移而出，刹那就谢了，凋零得如此壮丽！樱花仿佛是刚给自己唱完生日歌，又得唱安魂曲。

我在樱花树下流连忘返，可是来来往往的行人，那些带着孩子来追寻明星梦的家长，背着吉他匆匆走过的乐手，奔向各个摄影棚的节目主持人和工作人员，没谁在樱花树下驻足片刻，甚至连看也不看它们一眼。樱花以柔弱的落英，敲打着行人的脚，可它的敲打实在太轻太轻了，没谁察觉。

当日下午在节目录制现场，主持人让上场的作家，每人选择一段心目中最美的文字来朗诵，我选择的是萧红《呼兰河传》中关于火烧云的描写。萧红的命运，也有点樱花的气质，花开花谢，瞬息之间。她留下的，是茅盾先生所言的"一串凄婉的歌谣"。如今在图书销售排行榜上，哪里还能寻到鲁迅、萧红、沈从文这些真正的大家的名字？好书很少在热闹之中，它们总是独处一隅，寂寞开放，如同那些无人观赏的樱花，虽然开在春天，却置身于清秋的气氛中！

录完节目，进城与朋友们聚会回来，已是晚上十点多了。我在夜色中散步，路过一个摄影棚时，那里灯火辉煌，笑语喧天的。我问了一下门外的保安，他说里面正在录制《欢乐英雄》。我溜进棚里，感觉是撞进了雷电区。台上是炫目的灯光，是尽情表演着的红男绿女，台下是挥舞着荧光棒欢呼着的观众。我站在那儿，耳朵被震得嗡嗡叫，遇见强光的眼睛忍不住哗哗流泪，很快就出来了。

三百九十五年前四月二十三日去世的两位大文豪，都留下了后人难以逾越的巨作，光耀千秋。莎士比亚在他故乡斯特拉福镇的圣三一教堂安眠着，他的墓前永远有鲜花环绕；而生前境遇凄凉的塞万提斯，下葬时却连一块墓碑都没有，他的墓在哪里，至今是个谜。不过，塞万提斯已经为自己树起了一座永远不倒的碑——《堂吉诃德》。一个伟大作家的墓碑，可以不用镌刻他自己的名字，因为只有他的作品是丰碑的时候，他的名字才会真正留下。

我又踏上了樱花小路。因为有路灯的映衬，樱花在夜晚依然明亮着。站在花树下，忽然一阵疾风吹过，顷刻之间，淋了一身的樱花雨！这样的花雨，与其说来自樱花树，不如说来自天上，因为好风起自天堂啊！

"红楼"的哀歌

《红楼梦》是书中的"月光宝盒"，哪怕你把它放在尘埃中，它也不会因蒙垢而失去光彩。只要你拭去岁月的浮尘开启它，它就会把惊喜带给你，让你在一个狭小的空间里能看到无限的风景。这是一部常看常新的书，是一部值得永久品味的小说"极品"。每隔几年，我都会不由自主地把它从书架上取下，重温它的美好。

年轻的时候读《红楼梦》，特别喜欢给里面的人物贴标签，比如林黛玉是敏感娇弱、单纯如水的好女孩，薛宝钗是个八面玲珑、满腹心机的坏女孩；王熙凤满肚子的男盗女娼；贾宝玉是个情种，这"浊物"对有姿色的女孩都"怜香惜玉"；至于丫鬟中的晴雯和袭人，一个是可爱到极点，一个则阴损到极致。所谓少不更事，特别容易给人物下论断，把一部丰富的、磅礴大气的作品看简单了。

人到中年后，再读《红楼梦》，体会到了薛宝钗的那种无奈，王熙凤在张扬中内心的苦辣酸甜，贾宝玉热闹生活背后的那种孤单，贾母行将就木时预示到繁华将逝的那种内心的苍凉。《红楼梦》中的主要人物，没有一个不是性情多重的，它不像《三国演义》中的人物那么脸谱化，它深刻挖掘了人性的丰富性和复杂性，从这个意义上说，它的文学价值也就更高。

前一段时间再读《红楼梦》，依然很顺畅地把它读下来了，它的语言魅力是其他的名著难以比拟的，所以阅读的过程是兴味盎然的。只是掩卷之后，有一种深深的怅惘之情，觉得《红楼梦》在哪里损失了点什么。想来想去，我觉得是高鹗所续的那部分出了问题。

《红楼梦》最精彩的篇章，其实还是曹雪芹写的那部分，它很扎实，充满了生活情趣和人间烟火的气息，比如刘姥姥一进大观园和醉卧怡红院、王熙凤毒设相思局、大观园试才题对额、荣国府元宵开夜宴、憨湘云醉眠芍药裀，等等。在曹雪芹的笔下，我们能看到黛玉葬花、宝钗扑蝶、晴雯撕扇等经典片段，能在酒席之间的填词歌赋的游戏中，认识那个粗俗的薛蟠；能在风雪红梅的壮美景色中，看到青春而灵性的薛宝琴；

能在与贾琏的打情骂俏声中，见识到平儿的俏皮和机智。就是
那些比较悲壮的章节，如尤三姐拔剑为柳湘莲自刎，在刚烈之
中亦可感知那如水的缠绵。曹雪芹的人物，穿梭在大观园的红
花绿柳、碧水清溪中，他们是那么的容易感物伤怀，那么的缠
绵悱恻。他们就像大观园中的花草植物一样，多姿多彩，充满
质感。而到了高鹗那里，有情趣的生活少了，人物间细致入微
的情感纠葛和争风吃醋不见了，高鹗急不可耐地让大观园荒
芜，让姊妹离散，让人物在小小年纪就看破红尘。我们可以
说，高鹗是深刻的，可是，小说中人物的可信性却大打折扣。
究其原因，我以为曹雪芹在第五回《贾宝玉神游太虚境　警幻
仙曲演红楼梦》中的收尾一段的《飞鸟各投林》，对高鹗的影
响太大了："为官的，家业凋零；富贵的，金银散尽；有恩的，
死里逃生；无情的，分明报应；欠命的，命已还；欠泪的，泪
已尽……看破的，遁入空门；痴迷的，枉送性命。好一似食尽
鸟投林，落了片白茫茫大地真干净！"这段词好极了，妙极了，
但我想曹雪芹要是写"盛宴必散"这个大结局，他肯定还是要
秉承温暖的笔触，一针一针地慢慢挑出伤疤里的痛疽，而不是
呼啦啦地一上场就喊一声"杀"，闹得个刺刀见红，血淋淋的，
使作品的艺术风味发生了逆转。于是，当我读到"宴海棠贾母
赏花妖""苦绛珠魂归离恨天"的章节时，心中总有不舒服的
感觉。黛玉在《红楼梦》中是个必死无疑的人物，因为她偿还

完神瑛侍者的"灌溉之恩"后，就要"归位"。我觉得在曹雪芹笔下，已经隐藏着黛玉之死的方式，那就是"葬花"的方式，是隐含着浪漫之气的死亡，而不是高鹗所续的焚稿断痴情。这边宝钗出阁成大礼，那边黛玉含着一腔幽愤离去，这种过于鲜明的对比我想肯定不是曹雪芹想要的结局。按我的理解，黛玉眼泪流干后，应该如一朵被风劫掠而落入水中的花朵一样死亡，异常地平静，也异常地鲜浓和华美。这样处理黛玉，其悲剧性会更强烈一些。但高鹗太想做哲学家了，他看透了人世间的兴衰荣辱，他把太沉重的思想的"核"附加在那些柔弱的女孩身上，由她们来做代言人，他毫不在意这种"承租"的结果会带来小说那种"水分"的丧失，所以当我读到"活冤孽妙尼遭大劫"时，真的是忍无可忍。妙玉的结局因为有着高鹗先入为主的一定要处理成悲剧的想法，被写得过于"惨烈"，其实这有悖于曹雪芹对妙玉性情的描述，不太符合妙玉命运的发展逻辑。为什么不能把她处理成荒凉的大观园中的最后一位孤独的守望者呢？

　　小说是要有丰沛的"水分"的，这样它才会因"汁液饱满"而好看。我觉得曹雪芹精心搭制了一座"红楼"，如果是他亲手毁掉它，他会一根木椽、一条横梁地轻轻地拆除，看着它渐渐倾斜，而不是像高鹗一样，上来就一顿"狂轰滥炸"，倏忽间，便令大厦成为废墟。所以我觉得曹雪芹是文学家，而高鹗是哲学家。哲学家续写文学家的书，肯定是"气不相接"，这也是《红楼梦》带给人的遗憾之处。高鹗为自己的"深刻的思想"唱了一曲赞歌，而他为《红楼梦》和曹雪芹，却是唱了一首哀歌。

拾贝壳的人

　　我最早接触的外国文学作品，是在中学语文教材上。印象最深的大约要算高尔基的《海燕》、莫泊桑的《项链》和都德的《最后一课》了。我至今仍然能够把《海燕》背诵下来。它是我们学校演出时必备的一个诗朗诵节目——"在苍茫的大海上，狂风卷集着乌云。在乌云和大海之间，海燕像黑色的闪电，在高傲地飞翔！"那个时候，一读到这富有激情和旋律感的句子，就觉得豪情万丈，它的确给人一种蓬勃向上的力量。相反，那时读《项链》，却不觉得它有多好。一个贫穷的女人为了参加一个舞会，向女友借了一串假项链，当它被遗失之后，她一厢情愿地认为那是真的项链，竟然借债买了一条真的项链来还给女友。我觉得这故事像是一出相声，很滑稽，骆塞尔太太实在是太倒霉了！我甚至想，她当初丢失了项链，如果如实对女友说出这一切，就不会有她辛劳十年为偿还一条项链而牺牲了青春的悲剧了。可没有了悲剧，这篇小说还有震撼力吗？至于《最后一课》，记得老师讲这篇小说时说它是对法西斯的控诉，它表现了法国人的爱国主义精神。而我觉得它的有趣之处在于：老师当年想钓鳟鱼时，竟然可以给学生放假，看来那也是个没有王法的学校。

现在，我已经不太喜欢《海燕》的那种张扬和夸张了。高尔基有许多比《海燕》要优秀得多的作品，它们质朴深沉，如《童年》，如《伊则吉尔的老婆子》，等等。不过，我仍然赞同在教材里使用《海燕》，它能培养学生的激情和勇往直前的精神，这对处于成长期的学生来讲是至关重要的。相对于《海燕》和《最后一课》，我现在倒比较欣赏《项链》，因为我读出了生活的辛酸和无奈，读到了它捉弄一个善良人时的那种无耻。

我真正广泛地接触外国文学作品，是在上师专之后。那时系里刚好开了一门外国文学的课程。老师给我们开了一个长长的书单，让我们去图书馆借阅。这位从上海来的老师太高看我们那个山区学校的图书馆了，他开的书目十有六七都查不到。这样，我们只有看那些已存书目。印象最深的是同一宿舍的人传看一套罗曼·罗兰的《约翰·克利斯朵夫》。这四卷本的书

被七个女孩子的手逐一翻过，最后已被翻阅得变厚了。我想是
我们翻书过程中用的唾沫和喝水时不慎淋上的水渍增加了它的
厚度。一般来说，喜欢读小说的人多，因为小说可以谈情节，
人们对故事有无穷的好奇心。喜欢读诗歌和戏剧的人却极少。
于是，我就利用这类书好借的空隙，读了大量的诗歌和戏剧。
同学们在谈论《飘》中的郝思嘉和《红与黑》中的于连以及
《复活》中的玛丝洛娃时，我在读莎士比亚的戏剧，读雪莱、
普希金、莱蒙托夫、泰戈尔、拜伦的诗。碰到精美的句子像珍
珠一样闪闪发光时，我还要把它们读出声来，然后将其抄在读
书笔记上。我现存的二十年前的一个用账本做成的读书笔记
上，还歪歪斜斜地记着一些诗句。我对莎士比亚戏剧的喜欢，
从那时一直贯穿到现在。那一时期，我还托人从哈尔滨买来了
一套但丁的《神曲》，看得如醉如痴。等到图书馆里的小说像
经历了涨潮的贝壳被冲上岸、遗弃在沙滩上时，我就能从容地
读那些小说作品了。《红与黑》中的于连叫我恨得直咬牙，《茶
花女》中女主人公的遭遇让我流下眼泪，《猎人笔记》中的大
草原让我无比钟情，与风车斗争的堂吉诃德让我觉得他的可笑
与可爱。《安娜·卡列尼娜》中写到安娜卧轨自杀时，我恨不
能举起一把刀，帮安娜杀了渥伦斯基。有了诗歌和戏剧的铺
垫，我读小说时除了关注情节的发展之外，也留意那些精彩的
肖像描写、风景描写和人物对话。我也喜欢把这样的段落摘抄

在读书笔记上，不时拿出来浏览一番。

在师专时期，我最喜欢的两位外国文学作家是屠格涅夫和川端康成。我认为《木木》和《雪国》都是绝唱。不过，现在我不太喜欢屠格涅夫了，因为他的作品因为过分追求"唯美"而略显苍白。相比之下，川端康成的"唯美"因为血肉丰满而仍然令我钟情。

从师专毕业后，我开始发表小说作品。这时候由于参加工作有了工资，就能购买自己想读的书了。那时正是卡夫卡、加缪、塞林格风行的时期，所以读了他们的一些作品，总的感觉还不错，但并没有激起我灵魂的那种震荡。接着，加西亚·马尔克斯的《百年孤独》横空出世了，它确实像一道闪电一样，照亮了二十世纪末文学黯淡的天空。我非常喜欢这部长篇，直到如今仍然认为它是世界文学史上的杰作。那一时期风行的还有《挪威的森林》，这样的小说如同萨冈的《你好，忧愁》一样，读过之后很快就淡忘了。相反，杜拉斯的《情人》和三岛由纪夫的《金阁寺》读了多年以后仍然余音袅袅。我在西安求学的那一年里，曾经格外迷恋三岛由纪夫的作品，但多看了几部之后，热情就减淡了。二十世纪八十年代末、九十年代初，我在北京鲁迅文学院读研究生，那一时期被人们谈论最热烈的作家就是米兰·昆德拉和劳伦斯。前者是因为《生命中不能承受之轻》而广为人知，而后者则是由于《查泰莱夫人的情人》

而为人津津乐道。根据两部小说改编的电影也是大出风头，《布拉格之恋》我是后来看到的，而《查泰莱夫人的情人》则是在鲁迅文学院时作为资料片观摩的。我当时是班上最小的女生，还记得电影要开映的时候，师兄莫言对同学说："迟子建属于儿童团的，不能让她看。"这虽然是一句玩笑话，但也从一个侧面说明了劳伦斯作品的风格——那就是对"性"的特别关注。所以其后又有亨利·米勒的《北回归线》之类的作品登陆时，读者对其已没有那么好奇了，因为劳伦斯已经把"性爱"之风刮得足足的了。那一时期，普鲁斯特的《追忆似水年华》也被广为推崇，我是把这部多卷本的长篇当散文来读的。它属于那种随时可以拿起来读，又随时可以放下的作品。

从鲁迅文学院毕业回到哈尔滨后，我一下子从一个喧闹的环境回到了寂静之中。这个时候无论是在创作还是读书上，心都能够更加沉静下来。这时我已不喜欢随着潮流一窝蜂地去读某个作家的作品了。我觉得经典是百读不厌的，于是又重新看了《复活》《鱼王》《白鲸》《日瓦戈医生》等作品。我觉得它们比那些潮流中的作品要优秀得多，是大浪淘沙后留下的一粒粒金子。这一时期，我还仔细读了爱伦·坡和福克纳的一些小说，对它们很喜欢。尤其是卡尔维诺的短篇小说，我实在是崇拜至极，他的《牲畜林》《马科瓦尔多逛超级市场》《糕点店的盗窃案》等，足以与福克纳的《纪念艾米莉的一朵玫瑰花》，

　　拉克司奈斯的《青鱼》，海明威的《老人与海》，契诃夫的《小公务员之死》等著名短篇小说相媲美。不过卡尔维诺的《命运交叉的城堡》我看起来十分吃力，这种吃力同阅读詹姆斯·乔伊斯的《尤利西斯》的感觉一样。对这样造成了阅读障碍的小说，我是敬而远之的。除了以上的一些作家作品令我青睐之外，我还喜欢读童话作品，这如同我喜欢看动画片是一样的。《尼尔斯骑鹅旅行记》好看，安徒生的童话好看，王尔德的童话好看（王尔德的童话我注意得比较晚）。这一段时间读卡尔维诺的意大利童话。我觉得童话的最大魅力在于，它充满了智慧和神性，它的荒诞和浪漫都透露着清纯的气息，令人流连不已。童话使人的想象力达到了极致，读童话的时候，你会有一种远离尘嚣的感觉。

　　读外国文学作品就如同在海边拾贝壳。初始时你会良莠不分地见到贝壳就拾，走的路程远了，你见到的贝壳更多了之后，就懂得取舍了。这时候，你会把原来自认为是美的、其实是很平庸的贝壳一个个地扔出去。你再去拾捡的，也许并不是那些表面光滑、有着奇妙花纹的贝壳，而是看似粗糙却内蕴深厚的那些贝壳。其实不管是被捡起后又扔下的，还是一直保存在手中的贝壳，它们都是值得珍重的。而且，在我所走过的路中，肯定也遗漏了许多光彩独具的贝壳。好在拾贝壳可以一直向前走，也可以再折回身来，这样就能弥补"遗珠之憾"了。

麦田里的守望

　　这是一本可以让人一口气读完而能掩卷沉思的书。也有另一种可以让人一口气读完的书，读完后你就会把它抛到九霄云外，难再忆起。而《麦田里的守望者》却不是，它总能让人心有所动，套用小说主人公常用的两个词"他妈的""混账"来说就是：塞林格这混账写出的《麦田里的守望者》真他妈的不错。

　　小说的主人公是个被开除出校的十六岁的中学生。他出身于一个富裕的中产阶级家庭。他衣食不愁，生活有保障，而灵魂却没有安息之所。也就是说，主人公霍尔顿是一个游荡着的躯壳，而他的灵魂则像一朵浮云四处飘荡。

　　《麦田里的守望者》最先展示给我们的，是那个叫作潘西的学校。在霍尔顿看来，它身上没有丝毫可爱之处。校长是道貌岸然的，老师也不是受人尊敬的。就是那些住宿生，也个个沾染着恶习。他们不爱读书，以为读书的目的不过是为了"出人头地，以便将来买辆混账凯迪拉克"。阿克莱和斯特拉德莱塔是霍尔顿周围的另外两名"坏学生"，阿克莱性格古怪，不讲究卫生，"那副牙齿像是长着苔藓似的，真是脏得可怕，你要是在饭厅里看见他满嘴嚼着土豆泥和豌豆什么的，简直会使你他妈的恶心得想吐"；他喜欢刺探别人的隐私，性格乖戾，总喜欢让人把一句话重复两遍说给他听，可见其内心世界的百无聊赖。而斯特拉德莱塔无论做什么事都匆匆忙忙的，老是魂不守舍的样子，让人觉得他总在忙着什么大事。然而他忙的不是学业，而是与女朋友的约会。为了这，他求霍尔顿为自己完成一篇作文，还借用他的狗齿花纹上衣把自己装扮起来去赴约。于是，我们就仿佛看到了潘西的生活景象：古板而愚钝的教师，行色匆匆、玩世不恭的学生，肮脏零乱散发着酸臭气的寝室。虽然小说中没有对潘西天空的描写，但我们却不由自主地把潘西上空的天理解为阴霾满布的天。在读者心目中，有罪的已不是霍尔顿、阿克莱和斯特拉德莱塔了，有罪的倒是潘西的教育究竟失败在哪里。从狭义上讲，潘西也可以看作是美国社会的一个缩影。对潘西的诘问从某种意义上来讲，也就是对整个生存环境的诘问。

　　霍尔顿是无忧无虑的，却又是心事重重的。他怀抱着理想，看不惯周围的一切，然而他所进行的，只是趣味性的反抗。他撒谎，恶作剧，张口"他妈的"，闭口"混账"。他被开除出校后，不敢回家，只能在纽约的大街上闲逛。空虚无聊的他喝酒、抽烟，看电影消磨时光。他倒戴鸭舌帽，在旅馆叫来妓女，被妓女和皮条客合伙欺诈。在这一情节的设置中，霍尔顿忽然变得可爱起来。霍尔顿是邪恶的，却又是纯洁的。他的纯洁并非建立在对邪恶的自觉认识上，而是少年期的天然纯洁本质所决定的，从这点来说，霍尔顿还是有救的。

　　霍尔顿其实是个认不清自己的人。他把握、驾驭不了自己，尤其是周围五光十色的世界向他发出种种诱惑时，霍尔顿总能陷入泥淖。他又是茫然的，他能把冷水龙头开了又关，觉得腻烦了，就即兴跳起踢踏舞。他还能突然生出摔跤的念头。所有这些不正常的心理动因，都与霍尔顿的敏感、聪明、优裕家境与沉闷的校园生活有关。如果他家境贫寒，那么流落街头的霍尔顿首先遇到的就是温饱问题，它会牵制主人公的所作所为。而温饱问题一旦不存在，霍尔顿的精神世界才一下子变得格外张扬、饱满起来。他愤世嫉俗、郁郁寡欢，撒谎，酗酒，也怀恋昔日的女友；他认为自己"天生是个败家子。有了钱不是花掉，就是丢掉。有多半时间我甚至都会在饭馆里或夜总会里忘记拿找给我的钱"。这样看来，霍尔顿俨然是一个游手好闲的阔少爷形象了。这种时候，你也许会指责是物质的丰富戕害了霍尔顿的灵魂。但是转而一想，如果没有丰富的物质生活，灵魂是不是得以存在？我们似乎又能理解和原谅主人公的所作所为了。

读《麦田里的守望者》时，你会有一种酣畅淋漓的快感，因为故事风趣、生动，每每有恶作剧发生。伴之以我们不常说出口而常在心里骂着的粗俗俚语，读者也仿佛把胸中的郁闷一吐为快了。这也是这部小说一经问世便一版再版、轰动全世界的一个原因。

决定充当麦田守望者这种杞人忧天似的想法，深深地道出了主人公内心的善良，对这世界永久的忧虑和内心世界的纯洁。作为一个守望者，霍尔顿必须彻夜守望在悬崖边。而真正要坠落在悬崖下的，也许不是那些他为之担忧的孩子，而是他自己。守望者从某种意义上来说也就是自省者。能有自省意识，对于一个处于青春期的少年来说，是件难能可贵的事。霍尔顿的形象因这个意象而变得异常丰满起来，小说的艺术感染力也因此而变得强烈。

当然，这种以第一人称、玩世不恭的口吻叙述的故事只适合于一个少年的经历。塞林格准确而幸运地使用了这一轻松的文体，大获成功。然而这种叙述口吻往往是一次性消费的纸巾，把它纳入别的领域，作家的才华便会显得捉襟见肘。这也许是塞林格自此以后很难再写出能与《麦田里的守望者》相媲美的作品的一个原因。

那些不死的魂灵啊

俄罗斯的国土太辽阔了，它有荒漠、苔原，也有无边的森林和草原。它有光明不眨眼的灿烂白夜，也有光明打盹的漫漫黑夜。穿行于这种地貌中的河流，性格也是多样的，有的沉郁忧伤，有的明朗奔放。俄罗斯的文学，因为有了这样的泥土和河流的滋养，就像落在雪地上的星光一样，在凛冽中焕发着温暖的光泽，最具经典的品质。

屠格涅夫的作品宛如敲窗的春风，恬适而优美。它的《猎人笔记》和《木木》，使十七八岁的我对文学满怀憧憬，能被这样的春风接引着开始文学之旅，是一种福气啊。二十岁之后，我开始读普希金、蒲宁、艾特玛托夫和托尔斯泰的作品。

也许是年龄的原因，我比较偏爱艾特玛托夫的作品，他描写的人间故事带着天堂的气象。这期间，有两部苏联的伟大作品让我视为神灯：一盏是阿斯塔菲耶夫的《鱼王》，另一盏是帕斯捷尔纳克的《日瓦戈医生》。同样具有神灯气质的还有阿尔谢尼耶夫的《在乌苏里的莽林中》，其中的德尔苏·乌扎拉是二十世纪最丰满的人物形象之一。三十岁之后，我重点读了契诃夫、果戈理和陀思妥耶夫斯基的作品。我开始迷恋陀思妥耶夫斯基，这位对人类灵魂拷问到极致的文学大师，使增加了一些阅历的我满怀敬畏，他的《罪与罚》《白痴》《卡拉玛佐夫兄弟》，无疑是十九世纪文学星空中最夺目的星星。

不仅是在中国，就是在俄罗斯，人们对陀思妥耶夫斯基的喜欢也是日盛一日，这使托尔斯泰的光芒相应黯淡了一些。前些年，我又重读托翁的作品，也许《战争与和平》《安娜·卡列尼娜》还能让一些挑剔的文学史家找出种种不和谐之处，但我觉得《复活》应该是无可争议的史诗性作品，托尔斯泰实际上是为一个已经消逝的时代唱了一曲挽歌。主人公内心的矛盾和痛苦正是造成托尔斯泰晚年悲凉出走的原因。也许是托尔斯泰生前获得了太多的荣誉，人们才容易对饱尝人世辛酸的陀思妥耶夫斯基产生更大的同情，情感天平的倾斜左右了人们对艺术价值的判断。但我觉得他们之间不分高下，同样伟大。托翁能在八十二岁高龄时出走，是不想让那座富庶的庄园成为自己的埋葬之地！他把衰老的躯壳最后交付给了明月清风、草原溪流。交付给了它们，就等于交付给了自由！

契诃夫也是我喜爱的作家，他的短篇小说几乎篇篇精致。他的《第六病室》和《萨哈林旅行记》是杰作。能够把小人物的命运写得那么光彩勃发、感人至深，大概只有契诃夫可为。我甚至想，如果上苍不让契诃夫在四十四岁离世，他再多活十年二十年，其文学成就可能会远远超过托尔斯泰和陀思妥耶夫斯基。他在去萨哈林岛采访苦役犯人之前，曾对托翁的《克莱采奏鸣曲》喜爱有加。然而三个月的萨哈林岛采访经历，面对着排山倒海般扑面而来的苦难，他的艺术观发生了裂变，远行归来，他觉得《克莱采奏鸣曲》有点可笑。他说："要么我是在旅行中长大了，要么是我发了疯。"毫无疑问，契诃夫没有发疯，他在萨哈林岛，看到了生活和艺术的真相。可惜上苍留给他揭示这一个个真相的时间微乎其微了。

俄罗斯有两个人格高贵的诗人，其命运是那么的相似，都是死于决斗中：普希金和莱蒙托夫。这也是我最喜爱的两个俄罗斯诗人。爱好文学的人，谁没有读过普希金的诗歌呢！听吧："我的竖琴质朴而高尚，从不曾将世间的神赞颂。我以自由而无比骄傲，从不肯对权贵巴结逢迎。"再听："有两种爱对我们无限亲切，我们的心从中得以滋养，一是爱我们的可爱的家乡，二是爱我们祖宗的坟墓！"这是何等铿锵的男儿誓言，这是多么具有民族气节的英雄气概！难怪屠格涅夫、托尔斯泰、陀思妥耶夫斯基、果戈理等都对普希金的作品无限尊崇。而年轻的莱蒙托夫则在《我爱那层峦叠嶂的青山》中写下了这样的诗句："仍是这片草原，这轮明月，月儿向我垂下了目光，好像责备我这样的夜晚，一个人竟敢骑一匹骏马，同它争夺草原上的霸权！"这股青春的豪情是多么动人啊。

俄罗斯的文学，根植于广袤的森林和草原，被细雨和飞雪萦绕，朴素、深沉、静美。今年六月我在俄罗斯旅行，有天清晨在慢行列车上看到窗外被白雾笼罩的森林时，心中涌起了浓浓的伤感。那曼妙的轻雾多么像灵魂的舞蹈啊。俄罗斯的作家，无不热爱这片温热而寒冷的土地，他们以深切的人道关怀和批判精神，把所经历的时代的种种苦难和不平、把人性中的肮脏和残忍深刻地揭示出来。同时，他们还以忧愁的情怀，抒发了对祖国的爱，对人性之美的追求和向往。这些品质，正是这个越来越物质化的时代的作家身上所欠缺的。我在哈尔滨见过俄罗斯当代最具代表性的作家拉斯普京先生，他在评述马尔克斯描写妓女生活的新作时是那么愤懑：我简直不能相信这出自《百年孤独》的作者之手！我想只有在俄罗斯这片土壤成长起来的作家，才具有这种抗腐蚀的能力。难怪他在《伊万的女儿，伊万的母亲》的中译本的序言的结尾中说："恶是强大的，但爱和美更强大。"

　　果戈理的不朽作品是《死魂灵》。在我眼中，我景仰的这些俄罗斯的文学大师们，他们的魂灵就是不死的。那些不死的魂灵啊，是从祭坛洒向这个龌龊的文学时代最纯净的露滴，是我在俄罗斯的森林中望见的能让我眼睛一湿的缕缕晨雾！

俄罗斯：泥泞中的春天

俄罗斯当代油画来到哈尔滨，就像邻居的一个农人，用旧式马车载来了一车撂起来的篮子。你拎下一篮：哦，原来是黄熟了的麦穗！再提下一篮：啊，是姹紫嫣红的花朵！当你被花朵的芬芳所陶醉时，又一篮新鲜的水果朝你眨着水灵灵的大眼了。你把篮子一个个从车上卸下，发现那里面还有刚出炉的面包、碧绿的蔬菜、肥嘟嘟的鱼、散发着松香气的劈柴、毛茸茸的小狗、羽毛亮丽的鸡和闪着银光的瓷盘。

透过这些静物，我们能看到生养了它们的土地、森林、河流、房屋、果园、炉台等人间景致。当然，还能看到烘托了这一切的天上圣景：如火的晚霞、洁白的云朵、蛇一样飞舞的雷电以及星光灿烂的银河。

这就是俄罗斯当代油画给我的第一眼印象，既有扑面而来的热烈奔放的人间烟火气息，又有生就的忧郁和高贵之气。

这些油画创作年代较早的，应该是弗里德曼的《雪融》、索洛金的《契诃夫在叶尼塞河边》、兹韦尔科夫的《多云的天气》、罗基奥诺夫夫妇的《车间里》、瓦伊什利亚的《霍鲁伊镇的泥泞》、苏达科夫的《猎手》以及马克西莫夫的一些作品。这些诞生于苏联解体前的作品，深沉、凝重、大气，你能透过苍凉的画面，感受到这个民族勃勃的心跳，听到他们灵魂深处的歌唱。

一个大国的解体，如同一颗巨石陨落，它弥散的尘埃带给艺术家的精神苦闷可想而知。有一小部分画作用色花哨、轻飘，表现的主题简单、贫乏，细看创作年代，都是苏联刚刚解体的那几年的作品。只有内心世界空虚和寂寞，画家才会使用令人眼花缭乱的色彩，以掩饰内心的不安和焦躁。相反，内心世界饱满丰富的时候，我们能从单一的色彩中感受出夺目的绚丽。

然而，俄罗斯毕竟是俄罗斯，它有着深厚的文化积淀，就如同希施金《在遥远的北方》中描绘的那棵山崖上苍劲的雪松一样，威严而华美，所以，画家们很快又能从短暂的骚动中回归传统。就我看到的这些油画来讲，近几年的作品又呈现着博大、深沉的气象了，比如波利卡尔波夫的《春汛》、索罗明·尼古拉的《农村》《林中水洼》《空手而归》、柴尼科夫的《报春花》、阿廖欣的《雪橇》、依力诺娃的《一生》、奥尔洛夫·维克多的《农家花园》等。在这些画作中，我们能看到生机盎然地浸在春水中的树木，晶莹得如孩童眼睛一般的水洼，寒流中温暖的使者——雪橇，以及依偎在农家花园前的、像一顶枝形吊灯一样散发着光明的太阳花。当然，我们也看到了人：穿着白袍子孤寂地坐在沙发上的老女人，倚栏而歇的空手而归的猎人，穿着红衣戴着红帽的女驯马师。

　　我两次去看俄罗斯当代油画展，虽然展厅闷热难当，可我却从这些画作上感受到了如水的清凉。那河畔的轻雾、花朵上的露滴，已经悄悄滑入我心深处。

　　我最喜欢的，是那幅《霍鲁伊镇的泥泞》，看到它，我的眼睛会湿润。这样的泥泞我再熟悉不过了。一个人的命运同一个国家的命运一样，总是在经历了巨大的磨难后才更加有前行的勇气。能在深重的泥泞中跋涉而行，也是一种幸福啊。俄罗斯的春天，正因为脱胎于这样的泥泞，异常地壮美！

上帝如何加盖邮戳

　　紫颜色从哪里来？这个美妙的诘问构成了书中女主人公与上帝对话的最核心内容。不管上帝是否在听，一厢情愿的动人倾诉始终持续着。倾诉者有两个，一个是西丽，一个则是作者艾丽斯·沃克。两者的倾诉侧重点不同，前者叙述故事，而后者阐发立场。换言之，前者讲述了美国黑人妇女的苦难遭遇，而后者则对此发出了不平的吼声。

　　《紫颜色》的前半部分写得哀婉动人。那种弥漫着痛苦和忧伤的诉说令人落泪。西丽遭后父凌辱，先后生下来两个孩子，可他们全都被后父悄悄抱走，秘密送人了。生母随之病故，后父又对自己的妹妹耐蒂产生了非分之想。就在西丽内心绝望、走投无路之时，她想起了上帝。上帝显然不在身边，所以西丽只得写信，至于能寄到哪里去，上帝能否看得到，她并没有顾及这一切。写信使西丽深藏的悲哀火山爆发般喷发了，这种行为无疑也缓释了主人公内心的紧张感。写信也如同西丽往后父脸上狠狠地打了几耳光，有一种畅快淋漓的感觉。随着写信密度的加大，随着信的内容愈来愈丰富，这个遥不可及的上帝仿佛已经近在咫尺，我们似乎听到了他的呼吸。耐蒂终于成功地出逃了，西丽嫁给了某某先生。小说最动人的故事就发生在西丽、某某先生与莎格之间。西丽对某某先生是逆来顺受的，她对他没有爱情，只有义务和责任。西丽帮助他照看他的孩子，把家里收拾得井井有条，受到了某某先生姊妹的大加赞赏。她不喜欢与某某先生做爱，她对这事的评价是"他爬上来，干他的公事，就如同在你身上拉屎撒尿"，这种客观描写如同描绘一个畜生的发情行为。莎格是个歌唱家，是某某先生的情人。她与某某先生既相爱又相对，这使她看上去更是一个独立的女人。西丽对莎格既迷恋又嫉妒，因为莎格开朗、热情、友好，而同时又在自己家里和丈夫睡在一起。尽管西丽对某某先生没有感情，而发生在家里的这一幕幕情景还是使她痛心，她慨叹自己愚笨、丑陋，然而善良的本性又促使她对病重的莎格给予无微不至的照顾，西丽人性的光辉也就勃然焕发出来。病后的莎格到哈波的酒店唱歌，这是小说中最具艺术魅力的一段场景。酒店不大，装饰古朴，沿着墙摆满了小桌子，桌子上点着由西丽做的蜡烛。莎格唱歌，斯温弹吉他，西丽和很多黑人在听。有的在酒店里听，有的就在酒店外的河边听。我们就仿佛看到了摇曳的烛光，听到了沉郁的吉他声和古老的歌声，看到了昏暗河边的听歌者那一张张朦胧的脸。在这种描写中，黑人的痛苦和他们纯真的快乐都被渲染到极致，而《紫颜色》的艺术魅力也被渲染到极致。

西丽的痛苦随着生活的推进而加剧。她写信给上帝，而上帝并没有给她回一封信，她愤怒了。她的信开始写给耐蒂，耐蒂虽然也是一个遥不可及的存在，但她曾经那么真实地存在于西丽的生活中，所以西丽的倾诉才不会因此而变得造作生硬。仍然是那么一往情深地娓娓道来，却把初始倾诉的巨大动力——上帝，抛于九霄云外。尤其是当莎格终于把某某先生私藏的耐蒂的回信交给西丽后，西丽的倾诉就像干柴烈火般熊熊燃烧，变得更加动人了，因为倾诉的对象越来越真实可信、栩栩如生了。

《紫颜色》的另一个重要组成部分是耐蒂写给西丽的信。这些信也是在耐蒂知道不可能收到西丽回信的状态中所写的，因而也是一厢情愿的含有绝望色彩的倾诉；这些信向我们展示了非洲的黑人生活景象，展现了白人对黑人的袭击和压制，含有很浓的苍凉色彩。然而就是在这浓重的底色上，却有掩饰不住的人间温情汩汩流淌。西丽的一双儿女有了着落，耐蒂和塞缪尔相爱了。小说写到这里，我们会预感到，一个好莱坞式电影的完美团圆结局即将来临。那是善良的人们都共同渴望的一个美好结局。西丽终于和自己失散多年已长大成人的一双儿女团聚了。耐蒂和塞缪尔也来到了西丽身边。

上帝——西丽——耐蒂，以三者之间的相互倾诉，艾丽斯·沃克完成了一个近似完美的倾诉，一个如泣如诉的故事。她着墨不多的一些人物，诸如吱吱叫、莎格的男友等等，也都具有鲜明的个性特点。作者以书信体这种女性作家能运用得更加如鱼得水的文体，曼妙地写出了一连串动人心魄的故事。在这里，同时身为黑人的艾丽斯·沃克对书中的黑人寄予了极大的同情和关怀。所以，我更愿意把书名"紫颜色"领悟成"黑颜色"，因为紫色是一种最接近黑色的颜色；尤其是黄昏降临的时刻，紫色就是黑色。对紫颜色的询问其实也就是对黑色的询问，人的肤色是无罪的，如同大地上由上帝创造的各种颜色都没有高低贵贱之分一样。这样书名为"紫颜色"也就有了意味深长的韵味。

但我仍然觉得《紫颜色》有一种巨大的艺术缺憾，那就是耐蒂写给西丽的信。这些信往往以简单的议论代替了丰满的故事，使思想的核无限膨胀，无形中削弱了《紫颜色》的艺术魅力。也许是作家本身的黑人立场影响了她对人物进行最朴素的演绎。而我认为，一个伟大的作家，总是应该把他的思想水乳交融地贯穿到作品中，而不是恣意地"控诉"。

西丽写给上帝的信在结尾处看似有了某种回音。上帝用的是紫颜色的墨水吗？上帝又是如何为自己的信加盖邮戳的？这是一个充满诗意的问题。这个问题会有千万种答案，因而《紫颜色》也就会有多种解读。不管我们做哪种解读，人物的命运才是我们最为关切的内容。

读《紫颜色》吧，读这浓重、高贵、凄迷的紫色是如何呈现的吧。

背叛与赎罪

　　二〇〇一年九月，首次中日女作家作品研讨会在北京召开。与会的日本女作家不仅挟来了太平洋的迷幻、辽阔、湿润的空气，还把她们个性独具的作品带给了中国的读者。在被邀请的十位日本女作家中，高树信子无疑是最具代表性的一位，因为她是日本首位战后出生的获得芥川文学奖的女作家。然而很遗憾的是，高树信子并没有赴会，我失去了一次可以与她面对面交流的机会，但却可以从她的小说集《透光的树》中，了解到她的创作和人生履历。有的时候，了解一个作家，看她的作品似乎比与她对谈来得更为惬意和透彻。

　　《染蓝了时间》①是高树信子的一部重要作品，出版于一九九〇年。这次上海译文出版社把它翻译成中文，让我为其作序的时候，我毫不犹豫就答应了。因为我从《透光的树》中，看到了高树信子卓越的才华，嗅到了她的作品洋溢着的一股哀婉而凄美的艺术气息。我愿意再经受一次审美的体验。

　　这部书稿到了我手上时，正赶上我回故乡过春节。我在摇摇晃晃的火车上先读了一个开头。车窗外是一片白雪，而高树信子的作品却呈现着一片海底的蔚蓝色，给人一种耳目一新之感。从她的简历中，知道她是一个潜海爱好者，常去马尔代夫、毛伊岛、巴厘岛等海域潜水。而《染蓝了时间》的开篇，就是一段关于潜海的动人描述。我曾在西沙潜过一次水，深深记忆着当身体离开海面、逐渐沉向海底的时候那种惊心动魄的感觉，你以为自己已经脱胎换骨，来到了另外一个世界。那个世界没有尘埃，有的是无边的海水、漂游的鱼群和妖娆的海草。这个时候，你特别想把自己身上所有的衣服都脱掉，赤身裸体地变成一条鱼。然而，没有潜海服、没有背着的氧气瓶，人是无法在海底呼吸的。所以，人类在接近唯美的事物时，总

_____

　　① 本文是作者为高树信子这部小说的中译本作的序言，写作时作者收到的小说原稿标题为《染蓝了时间》，该书出版后更名为《把时光染成蓝色》。——编者注

是要背负着枷锁。我觉得高树信子深刻地领会了这一道理，她的这部小说讲述的其实就是一个试图摆脱道德等等枷锁的束缚而畅快生活却终不可能的一个故事。

　　高树信子的作品多数以情爱生活为故事的核心，以人物之间的三角关系作为构架，《染蓝了时间》也不例外。泷子、宫内勇、岛尾高秋是大学同学，宫内勇和岛尾高秋都爱慕泷子，他们私下有个约定，那就是在司法考试结束前，谁也不能主动对泷子出击，这样两个男人就有平等的机会追求泷子。然而宫内勇破坏了这一默契，他对泷子率先发起爱情攻势，并且获得成功。宫内勇的悲剧，也就是在这一时刻酿下的。为了证明婚姻的纯粹性，显示其男子汉的气度，宫内勇在结婚之前，竟然做出了一个令人瞠目结舌的举动，让泷子去岛尾高秋那里住一夜。如果他们发生了关系，他就不和泷子结婚。他这一看似冒险的想法，实则建立在对岛尾高秋的信任上。宫内勇预料到岛尾高秋宁肯独吞爱情的苦果，也不会非礼已属他人的泷子的。宫内勇虚伪的大度实际上是一条鞭子，在不时地抽打着岛尾高秋的心。高秋只能克制自己，让泷子顺理成章成为勇的妻子。从内心来讲，岛尾高秋和勇是互相蔑视的，虽然他们表面上是相互尊敬的。泷子结婚之后，岛尾高秋远离了他们，勇和泷子过了一段平静而恩爱的生活。然而，泷子从灵魂深处对高秋是怀有眷恋之情的，这眷恋之情的"结"就是她知道两个男人曾经有约，而勇却破坏了规矩的这一"事实"。如果说三人在做一场爱情游戏的话，那么勇是违背了游戏规则的人，他的悲剧也就在所难免了。要知道，潜伏着的火山一旦被压抑住，它再度爆发时是带有强烈的杀伤力的。这悲剧的前奏就是岛尾高秋在经历了生活的变故后，又突然出现在泷子夫妇面前。泷子和高秋之间的感情如星星之火，逐渐又燃烧起来，虽然他们竭力掩饰和克制。宫内勇对妻子和高秋的交往，看似纵容，实则控制得很牢。勇就仿佛是一个经验丰富的垂钓者，能够做到收放自如。这使得泷子和高秋尽管已经被情欲之火要烧成灰烬了，却仍然不敢越雷池一步。克制欲念，一方面是道德的力量在起作用，另一方面是人性的软弱在作祟。自从夏娃诱使亚当偷尝"禁果"，被逐出伊甸园后，性爱就被看成不洁的。这种"不洁"感，使得男女之爱禁锢重重，尤其是婚外发生的感情，更加被看作是不贞洁的，所以尽管人们有了至纯至美的情感，他们那么渴望着拥抱、接吻和融合，却只好以顽强的毅力压抑自己，这种"守身如玉"的行为从道德范畴来讲是崇高的，可是从人性的角度来看，它又是何等的残酷啊！

如果高秋和泷子在勇"赐予"他们的那个夜晚能够沉潜在"性爱"之河里，把自己点燃，熊熊地燃烧起来，也许彼此间会因为"负罪感"而逐渐远离。相反，他们因为克制了自己，就越发觉得有权利在心灵上拥有对方，而占据一个人的心灵，比占据一个人的肉体要强大多了。在泷子和高秋之间这种备受煎熬的情感生活中，宫内勇的叔叔的年轻的妻子千贺子成了他们的牺牲品，其实她是无辜的。比之泷子，千贺子少了一份世故和沧桑，多了几份赤诚和热烈。千贺子热恋岛尾高秋，而岛尾高秋热恋的是泷子。岛尾高秋可以不和自己最爱的人发生肉体接触，却可以和千贺子这个他并不真正动情的人发生关系。这样说来，岛尾高秋对千贺子是不是过于残忍了呢？千贺子因为高秋对她敷衍了事的"性事"而远离了他，而泷子则因为她对岛尾高秋身体的幻想而陷于深深的痛苦之中。我想高树信子要表达的也许就是："性爱"是毁灭之源。

高树信子女士受到过基督教的影响。她是不是把"性爱"作为人类的"原罪"在作品里加以探讨和阐释呢？"性"使得泷子成为了宫内勇的人，使岛尾高秋用超强的克制力维护自己的"正人君子"形象。同样是"性"，使千贺子领略到一厢情愿的爱的苦涩。"性"成了道德的试金石，在它的两极，一方是崇高，一方是堕落。"性"具有双重性，它可以让人水乳交融，又可以让人分崩离析。假使宫内勇和岛尾高秋同时对泷子发起爱情的攻势，那么岛尾高秋未必就会赢得泷子的芳心，取胜的也许仍然会是宫内勇。可是，因为他们起跑点的不同，宫内勇似乎就成了"卑鄙"之人，他内心深处的负疚感使他必须做出雍容大度的举止，他约岛尾高秋来家里做客，约他一同到海滨潜水。他们这看似相安无事的交往，实际上是建立在三个人的痛苦之上。人对情感的不忠的承受力毕竟是有限的，勇最终没能抑制住自己嫉妒心的爆发，他起了杀机，本来应该是岛尾高秋的死亡，最后却由宫内勇自己来承担了。在这里，高树信子显然赋予了人物以强烈的宗教情结——赎罪心理，所以宫内勇义无反顾地选择了死亡。勇在海底世界的死亡并没有成全泷子和岛尾高秋的爱情，他们仍然各自生活着，他们的伤口非但没有愈合，反而被赎罪的心理给无形地加大了。人的本性是渴望追求美好的事物和情感的，也就是说谁都有叛逆的精神。但是在现实生活中，由于道德、舆论等等的桎梏，叛逆之后，人们又不知不觉陷于自责当中，赎罪感就出现了。其实人类始终在两难的处境中挣扎着生存，谁也不能获得真正意义上的自由。

《染蓝了时间》是一部有思想的作品，它在艺术上也给人留下了想象的空间。它适合社会各个阶层的人读，具备"畅销"的品质。高树信子的语言是简洁而又优美的，其中有关潜海生活的鲜活的描述，为作品增色不少。然而，它也有略微的不足。那就是故事的"俗套"，有点好莱坞同类题材电影的痕迹。还有，她在揭示"爱"的实质时，弥漫着东方人惯有的忍让和自戕的成分，不似西方的一些文学作品，在处理"爱"的问题时，是那么的果决、富有激情。我记得二〇〇〇年秋季在爱尔兰访问，有一个夜晚，爱尔兰文化部招待我们在皇家剧院观看王尔德的著名话剧《莎乐美》。那时我还没有读过这个剧本，只是从同行的王蒙先生那里了解到剧情。那场演出十分成功，舞美、灯光以及莎乐美的表演都给人留下了深刻的印象。"唯美主义"的代表人物王尔德给我们讲述了一个凄美的爱情故事。莎乐美公主爱上了被囚的先知约翰，要求吻一吻他的嘴唇，遭到拒绝。于是，莎乐美求助于希律王，砍下了约翰的头，终于吻到了约翰的唇。当我后来捧读这个剧本，读到莎乐美终于吻到约翰的嘴唇的那段心灵独白时，不由得为爱的悲壮、真实和凄美而感叹："啊！我吻到了你的嘴唇，约翰，我吻到了你的嘴唇。你的嘴唇上有一股苦味，那是血的滋味吗？……不，说不定是爱情的滋味……据说爱情有一种苦味……不过，那又有什么关系？有什么关系？我已经吻到了你的嘴唇。"我们为莎乐美对爱要一个结果的不屈不挠的精神所感动。当然，东西方文化是有差异的，但是作为作家来讲，是不应该放弃挖掘人性的灵魂的努力的。

时间会被染蓝吗？高树信子女士对此做了肯定的答复：染蓝了时间。这蓝色是什么——海水、天空还是人的灵魂？我想读者在读了作品后会得出不同的答案。不管怎么说，蓝色是永恒的，时间也是永恒。当人类的情爱故事随风而逝时，时间还存在，蓝色也还存在。让我们为被染蓝的时间祝福吧。

赎罪日前夜

　　有关纳粹在二战中对犹太人惨绝人寰的暴行，我们从不同的艺术作品中已经知道得太多了，著名的如杰拉德·格林的小说《人屠杀》，斯皮尔伯格的电影《辛德勒名单》等，都从不同角度展示了犹太人在那段岁月中所经历的耻辱和恐怖。如今，这部名为《抵抗者》的书，在世界反法西斯战争胜利六十周年之际，悄然来到我们中间，让我们在酷暑之时，再一次感受到了那股远逝的寒流。

　　战争就像雷暴一样，总是突然降临的。它是魔鬼的脚步，会立刻改变人间和风细雨的生活。刚才你还沐浴着雪亮的阳光，可转眼间，血光已经使阳光改变了颜色。

《抵抗者》的作者不是文学家，他以战争的亲历者的身份，以自述的方式，讲述了那段特殊岁月中作为犹太人的他所经历的磨难。因为没有附加着刻意强调的文学性，它的本质更为朴素、真实，而这两点，又恰恰能给人带来强烈的艺术感染力。所以，读完它，你会觉得它不仅仅是一部回忆录，还是一部品质不错的文学作品。

在灾难降临前，主人公过着在周末时可以在床上用早餐的舒适生活，然而在犹太教赎罪日降临的前夜，这一切发生了改变，入侵者来了。纳粹铁蹄所到之处的脚印，也就是犹太人的一个连着一个的灰色的蒙难日。

我们随着作者的讲述，走进了那段血腥的历史岁月。沙洛姆告别了父母，告别了家园，开始了由被动的逃亡而最终走向抵抗之路的战争生涯。于是，我们看到了纳粹在人间制造的一幅幅地狱图景：那个被称为"恐怖之星"的纳粹巡视员艾格夫，他说在犹太人身上浪费子弹是可耻的，竟然拿起一把椅子，活活砸死了一个犹太人。他一边享用着丰盛的午餐，一边以射杀猫为乐趣，看着美好的生灵在他手下一个个消亡。还有那个叫谢林基维奇的杀人狂魔，他一个晚上可以杀害三十二个犹太人，并以此为荣。在被这样的人物占领了的地区，我们听到的是被凌辱的少女的哭声，闻到的是焚烧尸体的刺鼻气味，看到的是绝望的自焚者。当枪炮声取代了教堂的钟声时，人类一定是处在大灾难之中。

　　饥饿和寒冷使沙洛姆过早地尝到了人世的苦难。战争使人丧失了理智和情感，同样也使人丧失了尊严和同情心。即便是走上了反法西斯的抵抗之路以后，沙洛姆和伙伴们为了生存，也干过用伪装的木制苏式左轮手枪，去勒索那些善良农民的粮食的事情。他这样写道："在我们为生存而挣扎时，乞讨和偷窃不再被认为是耻辱，或不当行为……我已经习惯于从农民那里获得食品和衣服，逐渐地对他们的哭喊声以及至少给他们留下牲畜的乞求有些冷酷无情，感觉迟钝。"有了这样的情感基础，才会有了后来他在杀死满满一火车不知其长相的德国士兵时内心的那种快感，因为他觉得自己是在摧毁德国人的战争机器。虽然他在内心深处也这样认为："他们很可能仅仅是个像我们一样的士兵，只是在为错误的一方打仗。"战争对人性的巨大摧残跃然纸上。

　　沙洛姆的经历是传奇的，他先后在波兰、苏联、英国和以色列四国军中服过役，他在书中所记述的这一切，让我们看到了他在雪地上裸体奔跑，看到了他在丛林中吞吃生牛肉，看到了他们为对付满身的虱子而发明的"桑拿浴"，看到了他在痛饮酒精后的那张麻木的脸。到了这里，战争的残忍已无须赘述了。

　　虽然如此，我们还是听到了从密林深处传来那一支支若隐若现的犹太歌谣和俄罗斯歌曲，感受到了那股人类与生俱来的温暖情怀。这样的歌谣的存在和流传，注定会使和平的曙光降临。

作者是在犹太教的最重要的节日——赎罪日的前夜开始逃亡的。其实人类因为战争，又制造了一些新的赎罪日。我多么希望这样的赎罪日会永远从人类的史册中消去啊。我们重温这样的历史，其实就是对今天的珍重，也是对人类曾迷失和沦丧过的尊严的拾取。

听海的心

十一年前，在爱尔兰的都柏林海湾，我遇见一对特殊的看海人。

那该是一对母子吧？

一个胡子拉碴、衣衫不整的中年男人，扶着一个穿黑袍的老妪，从一辆破烂不堪的轿车下来，缓缓走向海滩。中年男人弓弓着腰，耷拉着脑袋，步态疲沓；老妪则努力昂着头，将身体拔得直直的，缓缓而行，一副庄严的姿态。

待他们走到近前，我发现老妪原来是盲人！

海上波涛翻卷，鸥鸟盘旋，老妪看不到这样的景象，可她伫立海边，与海水咫尺之遥，双手抱拳，像个虔诚的教徒，祈祷似的望着大海。扶着她的男人，不时在她耳边低语着什么，她也不时回应着什么。

从他们驾驶的汽车和衣着来看，他们是生活中穷苦的人。但大自然从来都不摈弃贫者，它会向所有爱它的人敞开怀抱。

在我眼里，一个人的身体里埋藏着好几盏灯，照亮我们与这个世界的联系。我们的眼睛、耳朵、鼻子、舌头和手，都是看不见的灯。眼睛是视觉之灯，耳朵是听觉之灯，鼻子是嗅觉之灯，舌头是味觉之灯，而手，是触觉之灯。当一盏灯熄灭的时候，另外的灯，将会变得异常明亮！站在海边的老妪，她的视觉之灯熄灭了，但依赖听觉，她依然能听到大海的呼吸；依赖嗅觉，她仍能闻到大海的气息；而她只要弯下腰来，掬一捧海滩的沙子，就能知道大海怎样淘洗了岁月，她的触觉之灯也依然是明媚的！

我相信那个老妪感受到的大海，在那个静谧的午后，比我们所有人都要强烈，因为她有一颗沧桑的听海的心！

看来世上没有什么事物，能够阻隔人与大自然最天然的亲近感。

我热爱大自然，因为自童年起，它就像摇篮一样，与我紧紧相拥。

在故乡的冬天，雪花靠着寒流，一开就是一冬！雪花落在树上，树就成了花树了；雪花落在林地上，红脑门的山雀就充当画师，在雪地上留下妖娆的图画了；而雪花落在屋顶上，屋顶就戴上一顶白绒帽了！

在大雪纷飞的时令，我们喜欢偎在火炉旁，听老人们讲神话故事。故事中的人，是人，又是物；而故事中的物，是物，又是人！在故事中，一个僧人走在夕阳里，突然就化作彩云了；而一条明澈的溪水，是一颗幽怨的少女灵魂化成的。山川草木和人，生死转换，难解难分！听过这样的故事，我往往不敢睡觉，怕一觉醒来，自己成了一棵树，或是一条河。虽然树能招来美丽的鸟儿，河流里有色彩绚丽的鱼，但我更爱家人，更爱我家院子中的狗！

当春风折断了雪花的翅膀时，冰封了一冬的河流就开了！雪化了，这样的神话故事也就结束了。人们不必居于屋内，用故事打发长冬了。大家奔向森林，采集一切可食之物，野菜野果，木耳蘑菇，甚至花朵。一个在山里长大的孩子，在用脚翻阅大自然的日历时，认知了自然。我们知道采花时怎样避开马蜂的袭击，又不扫它的兴；知道去河岸采臭李子时，怎样用镰刀头敲击铁桶，会赶走贪吃的熊；知道在遭遇蛇时，怎样把它甩开；知道从山里归来时，万一身上被蜱虫附着，怎样用烧红的烟头把它们烫跑。

我们在掌握这些知识的同时，也从山林里带回一些疑问。蚂蚁为什么喜欢暴雨前聚堆儿？猫头鹰的眼睛在夜晚为什么会发光？蜻蜓为什么紫白红黄都有？露珠为什么怕太阳？蓝铃花为什么喜欢开在路旁？因为听了太多的神话故事，我们的问题也有另类的：吊在杨树枝条下的红蜘蛛，是不是谁死后幻化成的一颗心？被啄木鸟吃掉的虫子，会转世成一棵草吗？灵芝是月亮栽下的吗？人参是英俊少年化成的吗？那些满口脏话的人间混蛋，都是吃腐肉的乌鸦变成的吧？而所有的好心人，前世都是白桦树吧，因为这种树，多么像蜡烛啊！

我们带着这些疑问去问大人，大人们答不出来的，就留待漫漫长冬时，他们讲故事时发挥了。他们会说，哦，你不是问灵芝是不是月亮栽的吗？告诉你吧，就是月亮干的！月亮种灵芝，本想给自己在人间镶块镜子，可是灵芝到了大地，见很多人为疾病所困，甘愿化成药材啦！我们渐渐知道，原来神话故事，是人编撰的呀。人的大脑多么地奇妙，它没有南瓜大，却比海天广阔！

长大以后，当我从书本中学到了有关自然的知识后，知道自己童年起建立的那个世界，是非科学的，但我一点也不沮丧。因为那个神话世界，朴素天然，温暖人心！所以我写作以后，在描绘大自然时，常有拟人的笔法。

大自然是我的另一颗心脏，当我的心在俗世感到疲惫时，它总会给我动力。

热爱大自然的人，一定会记得蕾切尔·卡森的名字，她的不朽之作《寂静的春天》，是这位伟大女性满怀悲悯地敲给这个越来越物质化的世界的晚钟，她是环境保护的先驱者和实践者。她的《惊奇之心》，像一座魔法小屋，吸引你走进去，不忍离去。蕾切尔·卡森曾说，假使她对仙女有影响力，她希望上帝赐给每个孩子以惊奇之心，而且终其一生都无法摧毁，能够永远有效对抗以后岁月中的倦怠和幻灭，摆脱一切虚伪的表象，不至于远离我们内心的源泉。

是啊，如果我们对大自然没有怀抱一颗"惊奇之心"，我们身体埋藏的"灯"，就不会闪亮，这世界就不会诞生那么多优秀的童话，我们在冬夜的炉火旁，也就没有听神话故事的美好时光了。其实对大自然的"惊奇之心"，不仅孩子应该有，成人也应该有，因为它能持久地生发心灵的彩虹，环绕我们黯淡的人生。

蕾切尔·卡森离开这个世界已足足半个世纪了，但她的作品带来的潮汐，一直回荡在我们耳畔，让我们能够静下心来，看一眼头顶的月亮，让我们能够满怀柔情，把一颗清晨的露珠当花朵来看待。看到她用朴素纯净的文字勾勒的那片缅因州的海，我蓦然想起了在都柏林海湾相遇的那位看海的盲人老妪，这两个不同时空、不同地域的观海者，给我留下了难以磨灭的印象。在我心中，她们同样地清癯、内敛，同样地骄傲和高贵！

蕾切尔·卡森是大自然的修士，把芬芳采集，播撒世人。所以她的音容失明于这个世界了，但她作品的光辉，从未落入黑暗之中。我们在捧读她著作的时候，依然能够感受到，她那颗勃勃跳动的听海的心！

图书在版编目(CIP)数据

锁在深处的蜜 / 迟子建著. —杭州:浙江文艺出版
社,2022.1(2023.1重印)
ISBN 978-7-5339-6670-6

Ⅰ.①锁… Ⅱ.①迟… Ⅲ.①散文集—中国—
当代 Ⅳ.①I267

中国版本图书馆CIP数据核字(2021)第223422号

责任编辑 朱 立
责任校对 唐 娇
责任印制 张丽敏
装帧设计 尚燕平
营销编辑 张恩惠

锁在深处的蜜

迟子建 著

出版发行 浙江文艺出版社
地 址 杭州市体育场路347号
邮 编 310006
电 话 0571-85176953(总编办)
0571-85152727(市场部)
制 版 杭州天一图文制作有限公司
印 刷 浙江新华数码印务有限公司
开 本 880毫米×1230毫米 1/32
字 数 147千字
印 张 7.75
插 页 2
版 次 2022年1月第1版
印 次 2023年1月第6次印刷
书 号 ISBN 978-7-5339-6670-6
定 价 45.00元